풍경이 바뀌는 시간

풍경이 바뀌는 시간

초판 1쇄 발행 2025. 6. 5.

지은이 김순양
펴낸이 김병호
펴낸곳 주식회사 바른북스

편집진행 김재영
디자인 김효나

등록 2019년 4월 3일 제2019-000040호
주소 서울시 성동구 연무장5길 9-16, 301호 (성수동2가, 블루스톤타워)
대표전화 070-7857-9719 | **경영지원** 02-3409-9719 | **팩스** 070-7610-9820

•바른북스는 여러분의 다양한 아이디어와 원고 투고를 설레는 마음으로 기다리고 있습니다.
이메일 barunbooks21@naver.com | **원고투고** barunbooks21@naver.com
홈페이지 www.barunbooks.com | **공식 블로그** blog.naver.com/barunbooks7
공식 포스트 post.naver.com/barunbooks7 | **페이스북** facebook.com/barunbooks7

ⓒ 김순양, 2025
ISBN 979-11-7263-401-8 03810

•파본이나 잘못된 책은 구입하신 곳에서 교환해드립니다.
•이 책은 저작권법에 따라 보호를 받는 저작물이므로 무단전재 및 복제를 금지하며,
이 책 내용의 전부 및 일부를 이용하려면 반드시 저작권자와 도서출판 바른북스의 서면동의를 받아야 합니다.

이 책은 전라남도, (재)전라남도 문화재단의 후원을 받아 발간되었습니다.

풍경이 바뀌는 시간

김순양 지음

바른북스

작가의 말

육십 대 후반에 수능시험을 치르고 문예창작학과 대학생이 된 것은, 어린 시절부터 꿈꾸었던 작가가 되고 싶어서였습니다. 푸르게 빛나는 젊은이들과 어울려 문학을 공부하면서, 학기마다 한 편씩 써 모은 소설작품들을 책으로 선보이게 되어 매우 기쁩니다.

너무도 빠르게 변해가는 시절에 마주하는 인생 풍경들, 서툴게나마 풍속화처럼 기록해 보고 싶었습니다. 다양한 인물들의 이야기를 무르익지 않은 문장으로 그려내는 일이 쉽지는 않았기에, 풋내가 다 가시지 않은 책입니다. 그럼에도 불구하고 첫 소설집을 출간하는 마음은 걱정이 되면서도 몹시 설레는군요. 마치 애지중지 키운 자식을 낯선 객지에 처음 내보내는 부모마음 같아서요.

십여 년 전 나이 든 엄마에게 컴퓨터를 가르쳐 주면서 새로운 도전을 응원하고 엄마가 문학도의 길에 들어서도록 길라잡이 해

준 늦둥이 딸에게 더없이 고마운 마음을 표하면서…….

  늦은 가을 풍경 속에 서 있는 한 사람의 삼모작 인생에 뜻깊은 결실이 있도록 성심껏 지도해 주신 교수님들, 나이를 잊고 함께 공부했던 신록 같은 학우들, 늦은 발걸음을 뗀 문학도가 무난하게 공부하고 이 소설집을 출간할 수 있도록 물심양면으로 응원해 주신 여러 기관들에 진심을 다해 감사의 마음 전합니다.

  제가 살아오면서 눈을 들 때마다 다정한 풍경으로 다가와 준 고마운 분들께, 제대로 익은 가을 열매 같은 글로 보답하고 싶다는 소망을 전합니다.

2025년 5월에
김순양 드림

목차

작가의 말

흔적 · 009
당신의 이기주의 · 035
소슬바람 · 063
다시 봄 · 093
즐거운 명절 · 117
아버지의 반전 · 141
잠들지 마 · 161
풍경이 바뀌는 시간 · 185

서평: 풍경을 통한 연대

흔적

"오빠, 언제 와? 보고 싶어."

솔이의 울먹거리는 전화 목소리에 명한은 또 종아리를 맞는 거 같다. 초등학교 4학년이 되고부터 부쩍 투정이 많아진 솔이를 생각할 때마다 명한은 점점 더 큰 죄를 짓는 기분이다. 아빠를 오빠로 알고 있는 솔이를 위해 무엇 하나 속 시원하게 해줄 수 없는 자신의 처지가 답답하기만 했다. 소리꾼 할머니를 엄마로 알고 그 밑에서 소리 공부에만 집중해야 하는 솔이, 명한은 이제 어떤 결단이 필요하다고 생각했다. 10년이 넘는 세월, 몸과 마음을 괴롭히던 사슬에서 이제는 벗어나고 싶었다. 최근 들어 몸 상태가 많이 좋아진 것이 혹시 새로운 출발을 위한 신호가 아닐까 생각해 보기도 했다.

명한은 밤늦도록 삼을 이루지 못하고 뒤척였다. 어디서부터 자기의 인생이 꼬여버린 걸까. 순정한 피가 끓어올랐던 이십 대, 한 여자를 향하여 일렁거리는 불꽃을 참을 수 없었던 게 잘못이었을까. 아니면 어머니 치마폭에 싸여 고이 자란 탓에 생긴 여린 감성 때문일까, 명한은 자신의 처지가 이토록 처참해진 원인을 명확하게 짚어보고 싶었다. 잠을 청했지만 잠은 오지 않고, 지나간 일들이 영화처럼 머릿속을 스쳤다. 아팠다. 쓰디쓴 약 한 주먹을 억지로 삼키는 기분으로 밤을 새운 명한은 날이 밝자 종구네 집에 갔다. 집 곁 약초밭에서 풀을 뽑고 있던 종구가 일어서며 반겼다.

"좋은 아침!"
"그래, 아침밥은 먹었고? 안 먹었으면 같이 먹을까?"
"좀 바빠. 어머니 집에 가려고 이것저것 준비해야 돼서."
"왜 갑자기 집에 가려고, 혹시 집에 무슨 일 있는 건 아니지?"
"별일은 아니고, 솔이 때문에 가봐야 할 거 같아서."
"그럼 내가 역까지 태워다 줄게. 준비 다 되면 전화해."

명한은 산 밑에 있는 오두막집으로 돌아와 짐을 꾸렸다. 노트북과 읽던 책 몇 권, 지갑과 휴대폰을 챙긴 다음, 자신이 약용으로 먹는 지리산 약초 엑기스 한 병, 어머니가 좋아하는 말린 고사리 봉지도 챙겼다. 짐을 다 챙긴 명한은 오두막집 여기저기를 살폈다. 처마에 매달아 놓은 말린 약재들을 안으로 들여놓고, 혹시 장맛비라도 쏟아지게 되면 물길이 막히지 않도록 여기저기 손봐두었다.

명한은 고추장 비빔국수로 늦은 아침 식사를 했다. 울타리를 타고 뻗어가는 줄기에 매달린 자잘한 오이들 중에서 제일 큰 거 한 개를 따서 뚝뚝 썬 것이 반찬의 전부였다. 소박하기 짝이 없는 식사를 하는 명한의 머릿속에 '머지않아 이 오두막집에서 아주 떠날지도 모르겠구나.' 하는 생각이 스쳤다. 하지만 고개를 저으며 아직은 아니라고 다짐했다.

종구가 운전하는 트럭을 타고 구례구역에 도착했다. 명한이 내리자 종구도 따라 내리면서 큼직한 봉지 하나를 내밀었다.

"이거 어머니 갖다드려, 표고버섯 말린 거랑 꿀 한 병이야."

"우리 어머니가 엄청 좋아하시겠다. 그런데 내가 좀 오래 있다 올 수도 있는데. 괜찮겠지?"

"걱정 마, 일손 필요하면 마을 사람들 부르면 되고, 자네 오두막은 내가 자주 살펴볼게."

"그래, 고마워."

종구가 손을 흔들어 주며 트럭에 오르자 명한은 서둘러 대합실로 들어갔다. 용산행 무궁화호 열차가 곧 도착한다는 안내 방송이 흘러나왔다.

5호차 11번 좌석을 확인한 명한은 앉자마자 눈을 감았다. 간밤에 설친 잠이 쏟아지는지 서절로 눈이 감겼다. 수원역에 도착할 때까지 다섯 시간쯤 푹 자고 나면 한결 기분이 나아질 것 같았다. 하지만 한 시간도 못 자고 잠은 달아나 버렸다.

명한은 차창 밖을 바라보며 생각에 잠겼다. 끝없이 펼쳐지는 호남평야 짙푸른 여름 들판이 신비로웠다. 초록 바다를 이루고 있는 벼 포기들도 저절로 커가지는 않을 것이다. 여름 한철 뜨거운 햇볕과 폭우와 태풍을 견디면서 이삭을 키우고 견뎌야만 여문 알갱이를 만들 수 있겠구나 생각하다가 문득 자기 나이를 생각해 보았다.

서른세 살. 인생의 사계 중 여름에 해당하는 나이다. 그런데 이게 뭔가. 땀 흘려 일하면서 튼실한 열매를 준비해야 할 시기에. 종구를 보더라도 얼마나 열심히 살고 있는가. 건강하게 땀 흘리며, 휘청거리는 친구 손잡아 주고 멋지게 성장하고 있는데, 나는 왜 이렇게 시시하게 살고 있는가. 몸도 마음도 병들게 한 과거에 언제까지 묶여 살아야 하는가. 이러다가 정말로 제 앞가림도 못하는 치졸한 인생으로 끝나게 되면 어떡하나. 명한의 가슴 밑바닥에서 뭔가가 꿈틀거렸다. 좀처럼 들지 않는 잠과 술래잡기하듯 눈을 감았다 떴다가를 반복하는 사이 수원역에 도착했다는 안내 방송이 나왔다.

*

명한이 대문을 열고 들어서자 마당가에 핀 봉숭아, 채송화 등 꽃 무리가 반겨주었다. 강 여사가 끓이는 삼계탕 냄새가 환영 인사처럼 명한의 콧속으로 파고들었다.

"어머니, 저 왔어요."

"더운데 오느라고 애썼다."

명한은 어머니와 인사를 나누면서도 눈으로는 솔이를 찾고 있었다.

"솔이는 아이스크림 사러 갔다. 금방 올 거야."

강 여사의 말이 채 끝나기도 전에 솔이가 왔다. 환한 얼굴로 들어온 솔이가 아이스크림 봉지를 내밀었다.

"오빠, 포도 맛 쭈쭈바 하나 먹으면 땀이 싹 가셔. 내가 오빠 주려고 사 온 거야."

"와! 고맙다 솔이야."

명한은 쭈쭈바를 꺼내 한 입 빨아먹다가 울컥 차오르는 슬픔까지 같이 삼켰다. 솔이가 더없이 애틋해서 번쩍 안아주고 싶은 것을 어머니 앞이라서 참아야 했기 때문이다. 명한은 가져온 짐을 풀어 꿀 병, 표고버섯 봉지, 그리고 고사리 봉지를 꺼냈다.

"이거 종구가 어머니 드리라고 준 지리산 표 선물이에요. 고사리는 제가 꺾어서 말린 거고요."

"고맙기도 해라. 그래 그 친구네 농장은 잘된다니? 네 월급이랑 잘 주고?"

"저야, 뭐 시간 날 때 조금씩 도와주는데 월급이라고 할 정도는 아니에요."

"그런데 너는 언제까지 그 산골짜기에서 친구 도와주고 살 거니?"

"죄송해요. 하지만 아직은 좀 그래요."

"몸이 많이 좋아졌다며?"

"숨 가쁜 건 많이 나아졌지만 그건 그곳 공기가 좋고, 종구 덕분이기도 하고요."

강 여사는 하나뿐인 아들이 집을 떠나 친구 곁에서 지내는 게 못마땅한 심사를 섞어 말했다.

"친구 따라 강남 간다더니 네가 꼭 그 짝이다."

"그런 말씀 마세요. 저는 그 친구 아니었으면 죽었을지도 몰라요. 그 친구 덕분에 무사히 군 생활을 마칠 수 있었고, 이만큼 건강을 회복한 것도 그 친구 덕분이죠. 종구는 제 은인이에요. 절대로 탓하시면 안 돼요, 어머니!"

"알았다. 오자마자 또 싸울라. 어서 밥이나 먹자."

명한은 어머니가 끓여준 삼계탕 맛을 제대로 음미하지는 못했다. 어머니랑 솔이와 함께 앉아 있는 모습을 보는 게 편치 않기 때문이다. 시원찮게 먹는 아들이 딱해 보였는지 강 여사가 자기

몫의 전복을 건져 명한의 그릇에 얹어주며 말했다.

"푹푹 떠서 먹어. 잘 먹어야 건강도 되찾고 우리가 같이 살 수 있는 거 아니냐."

명한은 어머니의 진심을 잘 알지만 삼계탕이 정말 맛있다느니, 역시 어머니 사랑이 최고라느니 하는 너스레는 잊은 지 오래여서 말없이 젓가락질만 했다.

저녁 식사를 끝낸 명한은 텔레비전 앞에 앉아 뉴스를 보고 있었다. 어색한 기분을 덜어내기엔 텔레비전 시청만 한 게 없다. 이대로 좀 앉아 있다가 자야겠다고 생각하고 있는데 솔이가 옆으로 다가와 말했다.

"오빠, 밖에 나가고 싶어."

명한은 솔이의 말에 얼른 일어나며 말했다.

"어머니, 솔이 데리고 바람 좀 쐬고 올게요."

"너무 멀리는 가지 마라."

"알았어요."

밖에 나가자 솔이는 명한의 손을 붙잡고 흔들며 깡충거렸다. 집 근처 공원 정자에 앉아서 솔이를 바라보는 명한의 눈에 그녀의 얼굴이 겹쳤다. 커갈수록 리연정을 닮아가는 솔이가 제 엄마를 닮아서 참 예쁘다고 명한은 생각했다. 시원한 눈매며 웃으면 생기는 볼우물까지. 너무도 보고 싶고 원망스러운 얼굴 리연정. 명한은 자신도 모르게 한숨을 쉬었다. 명한의 심정을 알 턱이 없는 솔이는 종달새마냥 재잘거렸다.

"오빠, 난 오빠랑 같이 살면 좋겠어. 엄마하고는 말이 잘 안 통해."

"뭐가 안 통하는데?"

"엄마는 날마다 민요 부르는 것만 말하고, 내 이야기는 안 들어줘. 나 공부 못한다고 친구들한테 놀림받는단 말이야. 그래서 나도 영어 학원이랑 수학 학원 보내달라고 말해도 엄마는 들은 척도 안 해. 민요만 잘 부르면 된다면서."

"솔이 네가 민요에 소질 있어서 그러는 거지. 너 민요 잘 불러서 인기 좋다면서?"

"이젠 아니야. 내가 음악 시간에 국악동요는 제일 잘하기는 해. 근데 친구들은 이제 그런 노래 안 좋아해. 애들이 그랬어. 차라리 트로트 잘 부르는 게 훨씬 좋다고."

"그래서 너는 어떻게 하고 싶은데?"

"나는 공부도 잘하고 인기도 많고 그랬으면 좋겠어. 그리고 다른 친구들처럼 가족여행도 가고. 오빠, 우리도 여행 가면 안 돼?"

솔이가 털어놓는 속내에 명한의 속에서 뜨거운 것이 북받쳐 올랐다. 친구들과 놀 때 잘 어울리지 못하고 겉돌고 있을 것을 생각하니 기가 막혔다. 무엇보다도 괴로운 것은 솔이가 자기더러 오빠! 오빠! 부를 때였다. 이 괴로운 문제를 언젠가는 바로 잡아야 할 텐데, 그때가 언제일까. 하루라도 빨리 밝히고 싶지만 아직은 아닌 거 같아 명한은 답답했다.

"우리 솔이, 내가 한번 안아보아도 될까?"

명한의 말이 끝나기 무섭게 솔이가 명한의 품으로 파고들었다. 어린 가슴에서 콩닥거리는 느낌이 명한의 가슴을 후볐다. 솔이를 꼬옥 안고 있던 명한이 팔을 풀며 말했다.

"공원 한 바퀴만 돌고 집에 가자. 어머니가 기다리실 텐데."

"좋아."

명한은 계속해서 재잘거리는 솔이를 데리고 걸으며 생각에 잠겼다. '어머니는 모든 게 다 나를 위한 일이라고 한다. 핏덩이 손녀를 업둥이라고 소문내고 자신의 딸로 호적에 올린 것도, 솔이를 국악 명창으로 키워내려는 것도 다 나를 위한 일이라고 어머니는 믿고 있을 것이다. 하지만 그게 어디 나를 위한 일인가. 별로 소질도 없는 나를 반강제로 소리꾼 교육을 시키다가 실패한 것을, 솔이를 통해 이루려는 어머니 욕심이지.' 명한은 어릴 적부터 어머니에게 짓눌려 왔던 속내를 한 번쯤은 속 시원히 풀어야겠다는 생각을 했다.

공원에서 돌아온 명한은 솔이가 잠든 것을 확인하고 어머니 방을 노크했다.

"왜, 안 자고? 피곤할 텐데."

강 여사가 북장단을 치다 말고 밀했다.

"아니, 이렇게 늦은 시간에도 북을 치세요?"
"내가 이거 말고 할 게 뭐 있냐. 이것도 다 솔이를 위해서 하는 짓이다마는."
"어머니, 솔이를 꼭 명창으로 만들어야겠어요?"
"그거야 당연하지. 그거 말고는 나한테 무슨 낙이 있겠니."
강 여사는 솔이가 변했다며 한숨을 쉬었다.
"나는 이제 솔이 하나 잘 키우는 거 말고는 아무 희망이 없다. 그런데 솔이가 예전 같지가 않구나. 네 아버지 없는 세월을 사는 게 참 만만치 않은데, 너도 멀리 있고 솔이까지 자꾸 말대꾸하는 게……."
의외였다. 항상 집안의 법으로 존재했던 어머니의 강인한 모습은 어디로 간 걸까. 이제 어머니는 외롭게 늙어가는 한 여인이구나. 명한은 어머니의 달라진 모습에 생각을 바꾸었다. 조금 전까지 묻고 싶었던 말을 일단 접어두기로 한 것이다. 그리고 남편을 몹시 그리워하는 어머니 마음을 알았다는 듯 말했다.
"내일 저랑 같이 아버지 산소에 다녀올까요."
"나는 안 갈란다. 덥기도 하고 솔이 혼자 두고 갈 수도 없고."
"알았어요. 저 혼자 다녀오죠 뭐."

 명한의 어머니 강옥진은 명창 채명인의 외동딸로 주변인들의 관심과 사랑을 받으면서 자랐다. 수많은 소리꾼들이 옥진의 주변에 있었고 그들의 소원은 하나같이 명창이 되는 거였다. 옥진 역시 명창이 되는 게 소원이었지만 잘되지 않았다. 인정받는 장원 한번 돼보려고 갖은 노력을 해봐도 번번이 빗나가고 말았다. 그러다가 시청 직원 유공진과 결혼을 하고 몇 번의 유산 끝에 아들 명한을 낳았다. 출산은 그걸로 끝이었다. 딸을 하나 낳기를 간절히 바랐지만 마음대로 안 되었다.
 결혼 후 옥진은 부족함 없이 살았다. 친정어머니가 물려준 터 넓은 집에 살면서, 가족밖에 모르는 남편을 위하고 지극정성으로 아들 명한을 키웠다. 한 가지 그녀의 마음에 채워지지 않은 게 있다면, 자신도 친정어머니처럼 명창이 되고 싶었는데 그 꿈을 이루지 못한 점이다. 옥진은 그 소원을 아들을 통해 이루고 싶었다. 아낌없는 뒷바라지 끝에 명한을 국악과로 유명한 대학에 보냈다. 그러다가 날벼락을 맞은 건 명한이 입대 전에 일으킨 연애 사건 때문이었다. 세상에 둘도 없이 착실하던 아들이 걷잡을 수 없는 소용돌이에 빠져 허우적댔다. 날마다 애인을 만나러 가느라 제 본분을 잃어버린 아들을 보다 못해 옥진은 팔을 걷었다.
 명한이 군 생활을 하는 동안 얻은 아기 솔이를 강옥진 자신의 딸로 출생신고를 한 건 명한을 위해서였다. 아무리 아들의 핏줄이 확실하다 쳐도 아직 미혼인 명한의 자식으로 출생신고를 할 수는 없었다. 법적으로도 곤란할뿐더러 하나뿐인 아들에게 혼전 자식이 있다는 걸 숨겨야만 했다. 혹여 나중에 비밀이 탄로 난다 해도 그 책임은 엄마인 자신이 지겠다는 각오를 강옥진 여사는 단단히 했다.

그런데 제대 후 명한은 엉뚱한 방향으로 빗나갔다. 소리꾼 되기를 포기한 것이다. 병원에서도 원인을 꼭 집어 밝혀내지 못하는 증상이 명한을 괴롭혔다. 하루가 멀다 하고 숨이 가쁘고 열이 오르는 명한은 병원 치료가 효과 없다면서 집을 떠나 있고 싶어 했다. 결국 군대 친구였던 종구를 찾아 지리산 골짝 마을로 가버린 것이다. 강 여사는 집을 떠난 아들이 안쓰럽고 야속했다. 하지만 아들의 증상이 조금씩 나아지고 있다니 말릴 수도 없었다.

재작년 남편의 갑작스러운 별세 이후 강 여사는 혼자 솔이를 키우는 게 힘들어졌다. 천진한 솔이한테서 엄마 소리 듣는 것도 점점 껄끄러워졌다. 그렇다고 이제 와서 어린 솔이에게 "나는 네 엄마가 아니라 할머니다."라고 어떻게 설명해 줄 수 있겠는가. 강 여사 역시 마음 불편하기는 명한과 크게 다르지 않았다.

*

명한이 처음으로 시도한 판소리 버스킹 때였다. 대학 1학년을 마치고 휴학 중인 명한은 전국 명창 대회에 참가 신청을 했다. 입대하기까지 남는 시간을 최대한 활용하려면 목표가 있어야 한다는 어머니 말이 옳다고 생각했기 때문이다. 명한은 자주 가던 행궁동 한옥 카페 뜰에서 버스킹을 해보기로 했다. 대학 선배인 카페 주인의 격려를 받으며 명한은 판소리에 대한 자신감이 더 나아지길 바랐다.

대학 입학 후 판소리에 대한 신념이 점점 희미해지고 있던 터였다. 타고난 재능이 자신보다 더 출중해 보이는 친구들이 열심히 노력하는 모습을 볼 때면, 명한은 자신이 길을 잘못 들어선 거 같아 괴로웠다. 이러다가 어릴 때부터 공들인 탑이 무너지면 어쩌나 하는 불안감으로 점점 위축되어 갔다. 하지만 그런 자신을 그대로 둘 수 없어 고심하다가 버스킹을 한번 해보기로 한 것이다.

철쭉꽃이 만발한 토요일 오후, 카페 뜰에서 명한의 소리가 울려 퍼졌다. 고수도 없이 '새타령'으로 목을 풀고, 명창 대회 때 부를 "심청전"의 '범피중류*'를 부르고 있을 때였다. "범피중류

---

* 범피중류; 판소리 심청가 중 심청이 임당수에 빠져 떠내려갈 때 주변 경치를 읊은 대목.

둥덩실 떠나간다. 망망한 창해이며…….'' 점점 깊어지는 소리의 맛에 도취되어 가고 있는데 갑자기 빗방울이 떨어지기 시작했다. 하지만 명한은 그 곡을 끝까지 부르기로 작정했다. 빗줄기가 점점 세지고, 들어주는 사람이 없어도 상관없었다. 오히려 관객이 없는 게 더 편했고 부모님께 알리지 않은 것을 다행으로 여겼다. 명한의 창이 막바지에 이를 무렵, 카페 안에 있던 여자가 검정 장우산을 들고 와서 씌워주며 말했다.
"그만하셔도 되지 않을까요. 감기 걸리겠어요."
명한이 마지막 부분인 '혼령대목'을 마칠 때까지 그녀가 우산을 받쳐주었다. 창을 마친 명한은 그녀와 함께 우산을 쓰고 카페 안으로 들어갔다. 그녀가 가져다준 따끈한 유자차 한 잔과 화장지와 수건을 받을 때의 감격스러운 그 순간, 명한의 가슴에 평생 남을 그림 한 폭이 그려진 것이다.

전국 명창 대회 결과는 씁쓸했다. 예상했던 결과지만 명한은 말도 못 하게 괴로웠다. 아버지는 성공하기 위해서는 몇 번의 실패쯤은 맛보는 게 당연한 거라며 위로해 주었지만, 어머니 강 여사는 실망한 모습을 감추지 않았다. 그 이후로 명한은 버릇처럼 행궁동 그 카페에 갔다. 달맞이꽃 분위기의 그녀 얼굴을 가만히 바라보는 것만으로도 그저 좋았다. 일하는 틈틈이 명한을 보며 싱긋 웃어주는 그녀의 볼우물 미소는 명한의 답답한 마음에 불어오는 산들바람이었다. 어느 날 저녁 그녀가 퇴근하면서 명한에게 다가와 인사를 건넸다.

"연변에서 온 리연정이에요. 이 카페에서 일한 지 두 달 됐어요."

이렇게 시작된 두 사람의 대화는 시간을 잊게 했다. 그날 맛본 기막힌 희열은 명한을 달뜨게 했다. 마치 신대륙을 발견한 탐험가의 기분으로 연정에게 점점 다가갔다. 명한은 그녀와 함께 걷는 수원화성 둘레길이 하루 종일 걸어도 끝나지 않는 길이었으면 좋겠다, 군대에도 안 갔으면 좋겠다 같은 상상의 폭죽을 터트리는 것을 즐겼다. 어느 비 오는 밤 연정이 소곤거리듯 불러주는 가요 '사랑의 미로'를 듣고 명한은 속으로 울었다. 연변에서 성악을 공부했다는 그녀는 한국에서 가수가 되는 게 꿈이라고 했다. 하지만 그녀의 독특한 성악 창법으로 부르는 대중가요는 관계자들의 관심을 받지 못한다고 했다. 연변으로 되돌아가고 싶어도 그녀의 성공을 기대하고 있을 가족들을 생각하면 빈손으로 갈 수가 없다고 했다. 명한은 연정을 돕고 싶었다. 하지만 자신 역시 안개 속에 서 있는 처지라서 무슨 방법이 없었다. 자주 만나서 서로를 다독이고 위로하는 수밖에는.

점점 평정심을 잃어가는 명한은 무엇이 옳고 그른지 분간되지 않았다. 오로지 그녀와 함께 있는 시간만이 낙원이었다. 몇 번인가 연정의 자취방에 갔다. 낡은 침대, 윙윙거리는 미니 냉장고,

비키니 옷장, 작은 탁자 하나뿐인 좁은 방이 아늑하게만 느껴지는 게 신기했다. 불안한 열정이 들끓는 두 사람은 서로의 순정을 보듬으며 찔레꽃 같은 청춘을 나누었다.

강 여사는 평정심을 잃어버린 아들을 크게 걱정할 수밖에 없었다. 어느 날 명한에게 사귀는 여자를 집에 한번 데리고 오라고 했고, 연정은 절대 안 된다며 거절했다. 하지만 그대로 물러설 강 여사가 아니었다. 어머니의 집요한 다그침을 못 이긴 명한은 행궁동 카페 이름을 알려주고 말았다. 그 후로 강 여사는 명한이 입대하는 날까지 두 사람 일에 더 이상 참견하지 않았다. 명한은 입대하는 아들 마음을 헤아려 준 어머니의 배려라고 믿고 있었다.

*

아버지 산소에 절을 올리고 난 명한은 묘비 앞 잔디에 앉았다. 아버지의 생전 모습을 떠올리며 속마음을 털어놓고 해답을 찾고 싶었다.

"아버지, 저 어제 집에 왔습니다. 어머니도 솔이도 건강하게 잘 있지만 제가 잘 살피지는 못하고 있습니다. 제 속마음은 아직도 안갯속입니다. 저한테 오빠라고 부르는 그 아이한테 사실을 말해줄 수도 없고. 저 많이 괴롭습니다. 차라리 아버지가 저에게 진실을 말해주지 않았더라면 저는 지금보다는 덜 괴롭게 살고 있을까요? 아니겠죠. 세상에 영원한 비밀이란 없는 거니까요."

 명한이 그 충격적 사실을 알게 된 후 겪는 괴로움, 명한의 몸과 마음을 수렁으로 몰아간 그 괴로움은 아버지가 들려준 비밀 때문이었다.
 제대 후 며칠 안 된 어느 밤, 명한은 아버지와 술자리를 같이하게 되었다. 성실과 정직을 생명처럼 여기는 공무원 유 주사는 한참 머뭇거리다가 말했다.
 "명한아, 네 엄마는 끝까지 비밀로 하자고 했지만 나는 사실을 알려주고 싶다. 너, 솔이를 어떻게 생각하니?"
 "네? 솔이야, 당연히 귀여운 아이죠. 아버지, 어머니의 보물덩어리고요."
 "그게 아니라 네 감정이 어떤지 묻고 있는 거다."
 "저도 어린 여동생이 생겨서 좋아요."
 "그게 다냐?"
 명한은 자신을 쳐다보는 아버지 눈길이 심상치 않음을 느꼈다. 잠시 뜸을 들이던 유 주사가 말했다.
 "명한아, 놀라지 마라. 사실은 솔이가 그냥 업둥이가 아니라 우리 핏줄이다."
 "네? 뭐라고요?"
 "그런데 오해하지 마라. 내 자식이 아니라 네 자식이다. 그 말이야."

명한이 들고 있던 소주잔이 바닥으로 떨어졌다. 어쩔 줄 모르는 명한에게 유 주사는 놀라운 사실을 말해주었다.

"너 군대 가고 일 년쯤 지난 어느 저녁이었다. 연거푸 울리는 초인종 소리에 네 엄마가 나가더니 큰 상자를 들고 오더라. 상자 안에는 잠들어 있는 아기의 생년월일과 너랑 그 여자가 함께 찍은 사진 한 장, 네가 그녀에게 보낸 편지 한 통이 들어 있더구나."

명한의 머릿속으로 번개가 번쩍 지나가고 벼락이 떨어졌다. 제대하고 바로 리연정을 찾아봤어야 했는데……. 때늦은 후회가 명한의 가슴에서 파도쳤다.

"그럼 솔이 엄마가 그때 한국에 있었다는 거네요."

"아마 그랬을 것 같구나. 나도 자세히는 모른다. 몹시 당황하던 나와는 달리 네 엄마는 담담하게 말하더라. 무조건 아기를 받아들이자고."

"아버지, 그럼 저는 어떻게 해야 돼요?"

"너무 고민할 거 없다. 세월이 약이라고, 다 지나가게 돼 있다. 괴롭더라도 네가 진실을 알아야 할 거 같아서 하는 말이다. 그 대신 네 엄마에겐 모르는 척해라."

리연정이 보낸 결별 편지를 받은 건 명한의 첫 번째 휴가 직전이었다.

다급한 집안 사정이 생겨서 연변으로 돌아갑니다. 자리 잡히면 연락할 테니 그렇게 알고 군 생활 무사히 마치십시오.

연정과 함께 보낼 첫 휴가를 상상하며 부풀어 있다가 뜻밖의 편지를 받은 명한은 마치 총알이 머릿속을 관통한 느낌이었다. 휴가도 의미 없었고. 전역하면 곧바로 연변에 가서 그녀를 찾아야겠다는 일념으로 군 생활을 버텨냈다. 그때 만약 한종구 선임을 못 만났더라면 명한이 군 생활을 무사히 마칠 수나 있었을지. 한종구는 유쾌하고 순박한 인정으로 명한을 다독여 주었다. 형제가 없는 명한은 비슷한 나이의 종구를 형처럼 의지하며 군 생활을 견뎌냈다. 제대 후 방황하던 명한을 붙들어 준 사람도 종구였다. 지리산 수레마을로 명한을 초대한 것이다. 숨 가쁘고 열오르는 증상을 낫게 하려면 지푸라기라도 붙잡아야 하는 명한은 곧 짐을 꾸려 종구 곁으로 갔다. 수년간 지리산 사나이로 살아가면서 건강을 추스르게 되자 명한은 솔이 문제를 깊이 고민하기 시작한 것이다.

아버지 산소에서 속내를 털어놓던 명한은, 아버지 앞이니 실컷 울어도 될 것 같아 소리 내어 울었다. 한바탕 울고 난 뒤 일어나면서 묘비에 쓰여 있는 아버지 이름 곁에 쓰인 어머니 이름이 눈에 띄었다. 번뜩 정신이 들었다. 아, 어머니도 언젠가는 이 자리에 묻히실 분이구나. 명한은 배우자를 잃은 초로(初老)의 어머니 심정이 어렴풋이 헤아려졌다. 30년 넘게 다정하게 살았던 남편을 잃은 어머니가 많이 힘들 거라는 생각이 처음으로 들었다. 어머니는 평생 늙지도 않고 자식을 위해 헌신해야 하는 게 당연한 줄 알았다. 자신이 철없던 시절 잠시 만났던 리연정을 못 잊은 괴로움. 그건 리연정이 살아 있다면 언젠가는 만날 수 있을 거란 희망이라도 가져볼 수 있지만, 어머니는 그토록 다정했던 남편을 다시는 볼 수 없을 것이다. "아버지 저 가볼게요." 인사하고 일어나는데 명한의 마음속에 아버지 음성이 울렸다.

"아들아, 네 엄마 잘 살펴줘라."

산길을 내려오면서 명한은 머릿속이 한결 가뿐해진 것을 느꼈다. 집에 가서 어머니와 솔직한 이야기를 나눠보면 어떤 해답이 나올 것도 같았다.

*

저녁때 집에 도착한 명한은 솔이가 부르는 '한강수타령'을 들었다. 강 여사의 북장단에 맞춰 부르는 솔이의 노랫소리에 리연정의 목소리가 깃들어 있었다.

— 한강수야 맑고 맑은 푸른 물에…….

솔이의 연습이 끝날 때까지 거실에서 기다리면서 명한은 자신의 어린 시절을 회상해 보았다. 부모님의 한없는 사랑을 받았던 시절, 꿀 뚝뚝 떨어지는 눈길로 명한을 바라보던 어머니의 젊은 얼굴에 리연정의 얼굴이 겹쳤다. 이윽고 솔이가 먼저 방에서 나왔다.

"엄마, 오빠 왔어요."

강 여사가 방 안에서 뒷정리를 하다 내다보며 말했다.

"그래, 잘 갔다 왔니. 네 아버지는 잘 계시던?"

"네, 어머니 잘 챙겨드리라고 하시던데요."

명한이 빙긋 웃으며 말하자 강 여사도 따라 웃으며 말했다.

"그럴 것이다. 그렇게도 나랑 솔이밖에 모르시던 분이 어떻게 눈을 감았는지. 생각할수록 기가 막힌다."

어머니 눈가에 반짝이는 이슬을 보는 명한의 눈도 촉촉해졌다.

다음 날 아침, 등교 준비를 하는 솔이는 들떠 있었다.

"오빠, 오늘이 무슨 날인 줄 알아?"

"글쎄, 솔이가 학교 가는 날?"

"그거 말고, 오늘 방학하는 날이야. 그래서 일찍 끝나고 올 건데, 오후에 우리 놀러 가, 응?"

"알았어. 어서 학교에 갔다 와라."

솔이가 신이 나서 나가자 명한은 어머니께 커피 한잔 마시자고 부탁했다. 강 여사는 커피 대신 녹차를 내놓았다.

"집에 커피가 없다. 내가 커피를 안 마시는 거 너도 알지. 그냥 녹차 마시자."

"그것도 좋지요."

차를 한 모금 마시고 명한은 오래전부터 묻고 싶었던 질문을 조심스레 꺼냈다.

"어머니, 솔이 때문에 힘드신 거 잘 알아요. 그런데 진즉부터 궁금한 게 한 가지 있어요. 제대로 말씀해 주시면 좋겠어요."

"뜸 들이지 말고 바로 얘기해. 그게 뭔데?"

"저……. 어머니, 혹시 솔이 엄마를 만나본 적이 있는가요?"

강 여사는 한참을 침묵하다가 되물었다.

"명한이 너는 아직도 그 여자를 못 잊고 있는 거니?"

"꼭 그렇다기보다는, 언젠가는 솔이에게 사실을 밝혀줘야 할 텐데 저도 제대로 알고 있어야 할 것 같아서요."

"뭐라고, 솔이에게 뭐를 알린다고? 그건 안 될 말이다. 솔이는 법적으로 내 딸이고 나는 솔이의 합법적인 양육권자야. 솔이를 슬프게 하는 일은 아무도 할 수 없어. 비록 너라고 할지라도 안 돼."

"하지만 솔이가 지금 저를 오빠로 알고 지내는 거 자체가 비극 아닌가요?"

"그런 말 하지 마. 그때는 어쩔 수 없었어. 입장 바꿔서 생각해 봐. 하나뿐인 내 아들은 군대에 가 있는데 그 아들의 핏줄이 대문 밖에 버려져 있는 걸 우리가 어떻게 해야 했겠니? 그걸 군인인 너한테 알렸다고 생각해 봐. 네가 제대로 군 생활을 마칠 수 있었겠니? 그리고 아이 출생신고를 미혼인 네 자식으로 호적에 올릴 수도 없는 노릇이고."

"그래도 제가 제대한 후에라도 사실대로 알려줬어야죠."

"네 아버지한테 다 듣지 않았니?"

"그래서 저도 지금껏 그대로 믿었는데 더 자세한 이야기가 있을 거 같은 생각이 자꾸 들어서요."

한참을 머뭇거리던 강 여사가 말문을 열었다.

"내가 리연정을 두 번 만났기는 했다. 네가 입대한 직후 그 한옥 카페에 찾아갔었다. 너랑 헤어질 것을 부탁했더니 곧 수긍하더라. 너보다 다섯 살이나 연상이어서 그런지 속 깊은 데가 있더구나. 곧 연변으로 돌아가야 한다며 준비되는 대로 떠나겠다고 했다. 하지만 얼마 후 만나자고 연락이 왔다. 임신 사실을 알리며 어떻게 해야 할지 모르겠다고 울더라. 나 역시 앞이 캄캄했다. 하지만 네 자식이라는데 차마 지우라고 말할 수 없더구나. 그래서 좋을 대로 하라며 네 아버지 두 달 치 월급을 주었다. 필요한 데 쓰라고. 그러고는 아무 소식이 없었다. 그런데 어느 날 갑자기 초인종 소리가 울렸고 대문 밖에 솔이가 있었던 거야."

"그럼 솔이 엄마는 한국에서 솔이를 낳았을까요?"
"그럴 가능성이 있지. 아기가 입고 있던 옷이랑 모든 물건이 국산인 것을 보면."
"그 후로는 한 번도 소식이 없었나요."
"없었다. 솔이가 담겨 있던 상자 안에 나에게 쓴 편지가 한 장 있었어. 자기는 아기를 다시는 찾지 않을 거다. 연변에 돌아가 가족들을 돌봐야 해서 떠난다. 부디 아이를 잘 키워달라."
명한은 북받쳐 오르는 울음을 억제하지 못하고 방으로 들어갔다. 모든 것이 자기 탓인 거 같았다. 청춘 시절 한동안의 일탈이 이렇게 큰 흔적이 될 줄은 몰랐다. 리연정, 어머니, 솔이. 이들이 겪는 아픔이, 명한 자신이 철없이 쏘아댄 폭죽 때문에 생긴 화상자국 같아 몹시 부끄럽고 괴로웠다.
명한은 밖으로 나갔다. 그녀를 생각하며 수원화성 둘레길을 걸었다. 지금 어디서 어떻게 지내고 있을까. 나를 기억이나 하고 있을까. 갓난쟁이를 포기하고 간 그 마음이 오죽했을까. 곰곰이 생각하다 한 가지 결론을 내렸다. '그렇다, 되도록 빠른 시간 안에 연변에 가볼 것이다. 설사 그녀를 못 찾는다 해도 최선의 노력을 기울여 보는 것이 도리일 것이다.'
집으로 돌아가는 명한의 머릿속에 솔이와 리연정 얼굴이 겹쳐 떠올랐다. 명한은 가슴에서 아침 바다 밀물 같은 것이 출렁거리는 것을 느꼈다.

며칠째 특이한 증상에 시달렸다. 방바닥에 착 달라붙은 등짝은 일으키기 어렵고 잠은 또 왜 그리 쏟아지는지 도무지 몸이 말을 안 들었다. 갈수록 더 심해서 병원에 가볼까 해도 일어날 기운이 없었다. 이렇게 특이한 증상은 여태껏 살아오면서 처음이었다.

웬만해선 쉰 적이 없는 미용실 일을 보조 미용사에게 맡기고 사흘이나 나가지 않았다. 이 모든 게 다 남편 탓 같아서 그 인간을 원망하지 않을 수 없었다. 아직 신혼인 새색시가 겪기엔 너무도 어이없는 이 수난, 남기준이 결혼을 다급하게 재촉할 때 의심해 보지 않은 내 불찰도 있는 거 같아 괴로웠다. 남자 보는 눈이 깜깜하기만 했던 내 안목에 실컷 회초리를 치고 싶었다. 서른아홉 살이 되도록 제대로 된 연애도 못 해보고 열심히 살아온 결과가 고작 거짓말쟁이, 허영덩어리의 아내라니…….

억울하고 분한 마음을 삭이다가 그래도 뭔가는 먹어야 할 거 같아서 '냉장고에 뭐가 있지?' 생각했다. 그런데 음식을 생각하는 것만으로도 비위가 상하고 속이 메스꺼웠다. 이상했다. '혹시' 하는 불안한 느낌이 들어 정신을 차리고 달력을 보았다. 아무래도 문제가 생긴 거 같았다.

냉장고에서 두유 한 팩을 꺼내 서너 모금 마시고 외출 준비를 했다. 헐렁한 코트에 챙 있는 검정색 모자를 쓰고 안경에 마스크까지, 남들이 알아볼 수 없을 만큼 중무장을 하고 나가서 택시를 탔다. 번화가에 있는 대형 약국에 들어서며, 혹시라도 아는 얼굴 마주칠까 봐 빠른 걸음으로 여자 약사에게 다가갔다.

"어디가 불편하신가요. 손님?"

"저어! 테스트기 하나 주세요."

"임신 테스트기 말씀이세요?"

나는 쓴 약을 삼키는 기분으로 고개를 끄덕였다.

집에 돌아와 결과를 확인하는 내 손이 떨렸다. 테스트기에 나타난 두 개의 줄, 내 몸에 처음으로 찾아온 새 생명이 보낸 신호였다. 막연한 설렘과 두려움이 밀려왔다. 아무런 대책이 생각나지 않지만 우선 산부인과에 가서 확인을 하는 게 첫 순서일 거 같았다.

임신이 확실하다면 당장 미용실을 어떻게 해야 할지 걱정이 앞섰다. 이럴 때 마음 놓고 의논할 사람은 언니밖에 없다. 오랫동안 미용사 일을 하던 언니가 지금은 쉬고 있기 때문이다. 내 전화에 언니는 다음 날 오겠다고 했다. 나는 베개에 얼굴을 대고, 참았던 눈물을 쏟아냈다. 내 몸에 첫 생명이 찾아온 이 벅찬 일에 혼자 고민해야 한다니. 늦은 나이에도 시집 참 잘 가는구나, 축하 인사를 받으며 행복했던 일이 불과 몇 달 전이었다.

다음 날 언니가 왔다.

"너, 얼굴이 너무 해쓱하다, 혹시 좋은 일 있는 거 아냐?"

"뭐가 뭔지 잘 모르겠어. 일단 병원에 다녀올게."

언니에게 미용실을 맡기고 이웃 도시에 있는 산부인과에 갔다. 아는 사람들 마주치고 싶지 않아서였다. 초음파 검사로 들어본 아기의 심장박동 소리가 마치 내 심장 소리 같았다.

"9주째네요. 고령 임신은 위험부담이 커서 각오하셔야 해요."

극히 사무적인 간호사의 말투가 참 서운했다. 이 사실을 남편에게 알려야 하나 말아야 하나 어수선한 마음으로 집에 왔다.

저녁에 미용실 일을 마치고 돌아온 언니가 현관에 들어서며 물었다.

"병원에서 반가운 일이라고 했지?"

"언니, 나 어떡해. 낳지 않을 거면 아침 금식하고 남편이랑 같이 오라던데."

"무슨 그런 말도 안 되는 소리야, 무조건 낳아야지. 네 나이가 몇 살이니? 이런 기회 다시 안 온다."

"실은 나 그 사람이랑 그만둘까 봐. 집 나간 지 열흘도 넘었는데 여태 전화도 안 와."

"아니, 뭔 일이야. 싸웠니? 소식 없으면 네가 먼저 전화해 보면 되잖아."

"내 전화를 안 받아. 자리 잡히면 연락하겠다고 문자는 왔어."

남편의 해직 사건이나 채무 문제를 모르는 언니는 깜짝 놀라며 자세히 말하라고 채근했다.

*

군청 계약직에서 해임된 날 이후로 나는 아내의 얼굴 보는 게 괴로웠다. 내 실체를 다 알고 난 아내의 저항은 생각보다 완강했다. 결혼하기 전 내 처지를 솔직하게 말하고 예식을 올렸어야 했는데 그럴 자신이 없었다.

부모님이 물려주시기로 한 전답은 여러 해 전, 사업한답시고 다 날려먹고, 빈털터리가 된 나는 결혼할 엄두를 못 내고 있었다. 정규 공무원이 아닌 군청 계약직 월급으로는 이 일 저 일 체면치레하고 나면 늘 빈주먹이었으니까. 몇 번인가 맞선을 보고 데이트도 해봤지만 번번이 실패했다. 상대 여자들은 내가 홀시어머니 외아들인 데다가 비정규직이라는 사실을 알고는 다들 돌아섰다.

　나는 어릴 적부터 특별 대접을 받고 자랐다. 부모님은 딸만 셋을 낳다가 막둥이로 얻은 나를 부잣집 아들 못지않게 먹이고 입혀서 키웠다. 그 덕분에 온 세상이 다 내 편인 줄 알고 살았던 그때가 내 인생의 호시절이었다. 하지만 그 호시절은 초등학교 졸업과 함께 끝났다. 중학생이 되고부터 내 처지는 달라졌다. 간신히 중간 수준을 유지하는 성적 때문에 점점 주눅이 들었다. 선생님들로부터 "기준이 너는 머리는 좋은 편인데 열심히 하지 않아서 탈이다."라는 걱정을 자주 들었다.

　그래도 대학은 서울에서 다니고 싶어서 ○○전문대학에 진학했다. 재수까지 했지만 원하는 대학을 가지 못한 건, 내가 뚝심도 없고 성실하지 못한 탓이었다. 졸업 후, 전문대학 졸업자인 내 이력서를 받아주는 직장을 찾지 못했다. 여기저기 입사 원서 제출과 탈락을 반복하다가 결국은 고향으로 내려왔다.

　고향에서 역시 적당한 직장을 찾지 못했다. 부모님의 후원으로 읍에서 남성복 가게를 차렸다가 크게 손해를 보았다. 내가 부모님께 물려받을 땅이 거의 다 날아갔다. 그 일로 상심한 아버지는 얼마 후 돌아가셨다. 내 처지가 딱했던지 군청 과장인 사촌 형님의 안내로 나는 군청 계약직이 되었다. 계약직이라는 딱지만 없으면 남 보기에 어엿한 공무원이어서 나는 '남 주사'라는 호칭을 얻게 되었다. 시간이 지날수록 나는 남 주사라는 호칭에 익숙해졌고, 간혹 들리는 비정규직 경력자가 정규직이 될 수 있다는 소문을 믿고 행운을 기다렸다. 몇 해가 지났지만 나는 여전히 비정규직이었고 통장은 늘 비어 있었다.

그렇게 빠듯한 형편에도 나는 미식가, 또는 모델이라는 별명이 붙을 정도로 허세를 부렸다. 시골에 홀로 계시는 어머니한테도 갈 때마다 비싼 선물을 듬뿍듬뿍 사 들고 갔다. 내 처지를 잘 모르는 동네 사람들은 나를 1등 효자라며 추켜세웠고, 어머니는 그런 나를 흐뭇하게 바라보시곤 했다.

어느 날 술자리에서 사촌 형님이 말했다.

"기준아, 너도 이제 결혼해서 가정을 꾸려야지."

"제 처지에 무슨 결혼입니까. 집안 형편도 그렇고요."

"내년에 군청에서 경력자를 위한 별정직 특채가 있을 것 같은데 너도 잘 준비하면 해당될 거야. 그렇게 되면 정규직 대우를 받게 될 거다. 그리고 언제 시간 내서 동외동에 있는 샤론 미용실을 한번 찾아가 봐라. 네 형수가 그러는데 그 주인 아가씨 심성이 좋고 생활력도 강하다더라. 너는 그런 사람을 만나야 쉽게 자리를 잡을 것 같다만."

사촌 형님의 말에 용기를 얻은 나는 결혼에 꼭 성공하고 싶다는 꿈에 부풀게 되었다. 그리고 작년 여름 어느 날 저녁, 샤론 미용실을 처음 찾아갔다. 미용실 안은 환한데 출입문은 잠겨 있었다. 유리문 너머로 젊은 여자가 청소를 하고 있는 모습이 보였다. 나는 조심스레 노크를 하고는 기다렸다. 대걸레로 바닥 청소를 하던 여자는 문을 열어주지는 않고, 나를 보더니 손을 들어 좌우로 흔든 다음 양손으로 X 표시를 했다. 오늘 영업이 끝났다는 신호 같았다. 늦은 시각에 손님을 가장한 미용실 강도 사건 뉴스를 몇 번 본 터라, 그녀의 태도가 충분히 이해되었다. 나는 알았다는 뜻으로 고개를 끄덕이고는 발길을 돌렸다. 보일 듯 말 듯 웃음기를 띤 그녀 인상이 나쁘지 않다고 생각했다.

다음 날 다시 찾아갔다. 늦지 않게 시간을 맞추어 가서 그녀에게 머리 손질을 받았다. 내 머리를 감겨주는 그녀의 손길이 편안했다. 셋째 누나와 비슷한 인상의 그녀가 남 같지 않게 은근히 끌렸다. 그날 이후 나는 자주 샤론 미용실을 드나들었다. 그녀의 환심을 사기 위해 온갖 노력을 기울이며, 나는 막차를 놓치지 않으려는 사람처럼 전력 질주했다. 오직 결혼에 성공하겠다는 목표를 이루기 위해서였다. 내 결혼이 성사되기를 바라는 사촌 형님 내외와 어머니, 그리고 누나들까지 온 가족이 총력을 기울였다. 그렇게 해서 나는 두 살 연상 박연숙과 석 달 만에 결혼에 성공했다. 뭔가 큰 과제를 해낸 거 같은 충족감에 온몸과 마음이 들떠 있었다. 모처럼 맛보는 인생의 단맛이었다. 그렇게 오래 행복할 줄 알았던 내 결혼 생활은 너무도 빨리 무너져 내렸다. 한 치 앞을 모르는 게 인생이라더니…….

*

"미스 박, 눈높이 적당히 낮추고 좋은 사람 만나서 결혼해. 남자 만나 결혼하고 애 낳아 키우면서 사는 게 인생 최고의 행복이라고."

내 나이 서른 살쯤부터 주변인들에게 많이 듣던 말이었다. 나는 독신주의를 고집하지도 않았고 특별한 사람을 만나겠다는 포부도 없었다. 내세울 것 없는 가정환경에, 대학도 안 나왔고, 그리 예쁠 것 없는 외모로 멋진 남자를 차지할 자신이 없었다. 하지만 성실하게 살아온 것에 대한 자부심만은 누구에게도 뒤지지 않았다. 부지런히 저축해서 시내 번화가에 최신 시설을 갖춘 미용실을 개업하는 게 꿈이었다. 결혼은 마음 끌리는 사람을 만날 때, 그때가 적기라고 생각하며 살았다. 만약 결혼을 하게 된다면 다른 건 몰라도 안정적인 직장이 있는 사람이었으면 좋겠다는 생각은 하고 있었다.

남기준은 여러 가지 조건을 다 갖추고 있었다. 공무원, 잘난 외모, 세련된 매너, 거기에 두 살 연하남. 내게는 넘치는 사람 같아서 조금 의아했다. 아마 홀시어머니 외아들인 점 때문에 내 차지가 되지 않았나 싶었다. 그 남자를 보는 순간 느꼈던 짜릿한 전율은 내가 여자로서 처음 느껴보는 운명적 신호 같았다. 철부지 시절 내 짝사랑이었던 동네 오빠랑 너무도 닮은 점이 내가 그 남자에게 쉽게 눈멀어 버린 까닭이었는지도 모르겠다.

나는 신혼시절 한동안은 결혼 잘했다는 자부심에 들떠 있었다. 그이는 내게 다정했고, 세련된 매너와 출중한 차림새로 내 자존심을 한껏 북돋아 주었다. 그 망할 놈의 뇌물 사건만 안 터졌더라면 나는 지금도 가짜 단꿈에 젖어 있을 것이다. 하지만 지금의 내 처지는 앞으로 나갈 수도 뒤로 물러설 수도 없다. 어떻게 수습해야 할지, 아득하기만 하다.

아이를 낳으려면 남편과 화해를 해야 하는데 아직 그럴 자신은 없다. 무능한 남자와 함께 산다는 게 얼마나 생지옥인지, 친정엄마를 통해서 충분히 보았다. 그렇다고 결혼한 지 1년도 안 돼서 이혼을 한다는 건 얼마나 창피한 일인가. 만약 그렇게 되면 나는 미용실을 접고 어디론가 떠나서 새로운 출발을 해야 할지도 모른다. '샤론 미용실은 내가 P읍에 와서 3년을 바쳐 가꾼 내 삶의 터전이다. 지금까지 피땀 흘려 쌓아온 내 삶의 전부나 다름없는데 이것을 포기하는 일은 상상할 수도 없다.' 고민하느라 밤잠을 설치는 나에게 언니가 말했다.

"인생이라는 게 쉽지 않아서 뭔가를 얻으려면 포기해야 할 게 있기 마련이야. 그래도 이 세상에서 가장 소중한 건, 자기 몸에서 태어나는 자식 아니겠니? 너무 깊이 생각하지 말고 건강한 아이 낳는 것만 생각해. 이건 제부하고는 별개의 문제야. 네 자식을 낳는 일이고 그게 여자의 특권 아니겠니?"

"나도 그런 생각은 들어. 하지만 어떻게 나 혼자 아이를 낳고 키워? 자신 없어."

"아무튼 제부에게 알리는 게 순서일 거 같다. 아이의 아빠인데."

"그러고 싶지 않아. 아이를 핑계로 그 허풍쟁이랑 같이 산다면 엄마처럼 평생 고생만 할 거 같아서 싫어."

"그래도 알려야지. 제부가 뭐 큰 범죄를 저지른 사람도 아니고, 좋은 점도 많잖아. 사람 좋고 다른 사람 잘 챙기고."

"언니, 그게 문제야. 인물 좋은 거, 능력도 없으면서 호의호식에 오지랖 넓게 다른 사람들 챙기는 거, 다 실속 없는 허풍선이라고. 그런 사람한테 혼이 나갔던 내가 바보 천치지."

나는 그 사람 얼굴을 처음 봤을 때 찌르르 느꼈던 그 원수 같은 전율도, 그 남자가 공무원이라는 것을 알고 내 속에서 터져 나온 환호성도 다 저주하고 싶었다. 덩굴째 굴러온 복덩이인 줄 알고 좋아했는데 화근덩어리였다니, 사람 볼 줄 모르는 내 어리석은 선택이 한없이 후회되었다.

*

결혼만 하면 내 인생 행운의 문이 열릴 줄 알았다. 실속 있고 미더운 아내를 얻으면 생활이 훨씬 수월해질 것이고, 운 좋게 군청 정규직으로 전환되기만 하면 빚도 갚고, 자동차도 좋은 걸로 바꿀 수 있을 거라 믿었다. 사촌 형님 말처럼, 박연숙만큼 실속 있는 여자 만나기도 쉽지 않을 것 같았는데, 일이 엉뚱하게 꼬여 버렸다.

이왕 결혼할 거면 미뤄서 좋을 게 하나도 없다는 가족들 말에 힘입어 서두른 결혼이었다. 내 처지를 솔직하게 말 못 하고 정규직 공무원 행세를 했던 점, 삼천만 원 빚이 있다는 사실을 말하지 않은 점은 어떻게든 그녀를 얻기 위한 수단이었지 다른 불량한 뜻은 없었다. 하지만 내 땅도 아닌 산외동 남의 토지를 보여주며 내 땅이라고 속인 점, 곧 금싸라기 땅이 될 그 부지가 개발되면 아파트로 이사하자고 거짓말한 건 좀 심했던 것 같긴 하다. 순진한 그녀가 내 말을 전적으로 믿어주는 게 미안했지만, 그녀의 환심을 사기 위해선 물불을 가릴 처지가 아니었다.

그렇다고 박연숙이 내 이상형의 여자라고 볼 수는 없었다. 근검절약이 몸에 밴 그녀의 생활수준이 촌스럽고 못마땅할 때면, 옛날에 사귀었던 정미수의 세련된 이미지가 머릿속에 떠올랐고, 그럴 때면 박연숙에게 미안한 마음이 들긴 했다. 결혼 전엔 연숙의 모든 점이 장점으로 보였고, 자기가 살던 전셋집에 신혼집을 꾸미자고 할 때, 그녀를 업어주고 싶을 만큼 예뻐 보인 적도 있었으니까.

나는 연숙이 여태껏 몰랐던 세상 재미를 맛보게 해주려 최선을 다했다. 일밖에 모르고 살아온 그녀를 위하여 꽃다발도 여러 번 사다 주고, 백화점에도 가끔 데리고 갔다. 어느 날 그녀는 내가 골라준 상아색 모직 코트를 입어보고는 좋아서 어쩔 줄 몰라 하다가 가격표를 보고는 고개를 저었다. 자기에게 안 어울리는 색깔이라서 싫다고 했지만 나는 그녀의 속마음을 읽을 수 있었다. 돈을 아끼려는 이유 때문이라는 것을. 그 대신 살구색 실크 스카프 한 장, 그리 비싸지 않은 자주색 핸드백을 골라 들고 함박웃음을 짓는 그녀는 순박하기 그지없었다. 모르긴 해도 그녀 생애에 나를 만나 데이트하고 신혼생활을 즐기던 때만큼 행복한 시절은 없었을 것이다. 이것만으로도 나는 그녀에게 해줄 만큼 해준 남편이었다. 그쯤 되면 결혼 전에 내 처지를 조금 속인 거에 대해서 너그럽게 이해받을 수 있지 않을까. 하지만 아내는 그런 계산은 할 줄 몰랐다.

  내가 해직을 당한 건 순전히 고래 싸움에 등 터진 새우 꼴이었다. 내 직속상관인 도시계획과 과장의 뇌물수수 사건에 직접적인 관련도 없는 나였다. 과장이 시키는 대로 ○○건설회사에 심부름 한 번 다녀온 것, 내 결혼식 때 그 건설회사에서 축의금으로 보내준 백만 원. 그게 다였다. 그게 무슨 뇌물이 된다고 나를 해직시키나. 너무 억울하고 창피해서 미칠 거 같았다. 이런 내 심정도 모르고 아내는 몇 날 며칠을 두고 나를 압박했다. 나를 아예 사기꾼 취급했다.

아내가 차려놓은 밥상 앞에 앉기가 괴로웠다. 정말 참을 수 없는 건, 부부의 잠자리마저 거부하는 아내의 태도였다. 그게 얼마나 처참하게 남자의 자존심을 짓밟는 짓인 줄 모르는 박연숙은 참 갑갑한 여자였다. 남자가 결혼 전에 폼 잡느라 조금 과장한 거 가지고 그렇게 원수 보듯 하는 여자, 해직당한 남편이 얼마나 괴로울지 조금도 배려할 줄 모르는 이기주의자. 나는 그녀의 속물근성에 정이 떨어졌다. 불편하기 짝이 없는 집구석에서 사라져 버리는 게 차라리 나을 거 같았다. '나 없이 한번 살아봐라, 아마 후회하게 될 거다.' 생각을 하면서 서울행 고속버스를 탔다.

*

입덧으로 하루에도 몇 번씩 구역질이 올라와 미용실 일을 쉬어야 했다. 보조 미용사가 있기는 해도 고급 파마를 할만한 실력 있는 미용사가 필요했다. 몸이 약한 언니에게 계속 미용실을 맡길 수 없어서 심란했다. 이 문제를 어떻게 해결해야 하나, 내 생계가 달린 미용실은 어떻게든 타격받지 않게 해야 했다. 수입이 있어야 먹고살 수 있고 아이를 낳을 수도 있는 것 아닌가. 개업할 때 빌린 대출금 갚느라 저축한 돈도 얼마 되지 않는데, 앞으로 어떻게 살아야 할지 정말 고민하지 않을 수 없다. 남편은 간단한 문자만 한 번씩 보내고 있다. 어딘가에 살아 있다는 신호일 것이다. 태어나기도 전에 아빠에게 외면당하는 아기가 가여워서 울컥울컥 눈물이 났다.

"연숙아, 넌 그래도 엄마보다는 훨씬 나은 조건이잖아, 그러니까 무조건 아이는 낳아야 해. 엄마 봐라, 아빠가 그렇게 속 썩였어도 엄마는 우리 둘 키우는 재미로 살았댔잖아. 그만큼 자식은 최고의 보물인 게야."

만약 언니의 이런 위로가 없었다면 나는 아마 나쁜 선택을 했을지도 몰랐다. 언니 말대로 아이는 낳기로 마음을 굳혔다.

언니가 몸살 기운이 심해서 쉬어야 한다며 자기 집으로 돌아갔다. 할 수 없이 미용실에 출근을 한 나는 미용실 약품 냄새를 참을 수 없었다. 몇 번이고 화장실을 들락거리며 토하다가 일찍 퇴근했다. 밤새 걱정하다 울다가를 반복하면서 날을 샜다. 그날 아침, 배가 아프고 쓰러질 것 같아 사촌 동서인 형님에게 전화를 걸었다. 내 임신 소식이 시댁에 알려지는 걸 원치 않았지만 어쩔 수가 없었다. 형님이 달려왔을 때 나는 거의 실신 직전이었다. 형님은 배를 움켜쥐고 신음하는 나를 보더니 급히 택시를 불렀다.

"아니, 동서, 이렇게 중요한 일을 왜 혼자 끙끙거리는 거야. 빨리 신랑에게 알리고, 진즉 병원에 갔어야지."

내가 말하지 않아도 우리 상황을 다 짐작하고 있는 듯 형님이 혀를 찼다.

*

　무작정 서울에 올라온 나는 고향 친구 만기에게 전화를 걸었다. 실컷 술도 마시고 하룻밤 신세를 지려면 아직 미혼인 만기에게 의탁하는 게 적당할 것 같았다. 하지만 내 기대는 빗나갔다. 만기는 그의 원룸에 여자 친구가 와 있어서 같이 갈 수 없다며 싸구려 모텔을 잡아주고 가버렸다. 나는 그가 고향에 올 때마다 후하게 대접을 해주었던 기억들을 떠올리며 씁쓸한 하룻밤을 보냈다. 다음 날 상민에게 전화를 걸었다. 대학 친구 중 유일하게 내 결혼식에 참석해 준 친구였다. 친구들 소식통이기도 한 그를 만나면 뭔가 숨통이 트일지도 모르겠다는 기대감을 갖고 지하철 분당선을 탔다. 복정역 근처에서 헬스장을 운영한다는 그는 지하철역으로 마중 나와 주었다. 나는 상민이 이끄는 대로 따라가서 식사며 술대접을 받았다. 긴장이 좀 풀리자 내 처지를 털어놓고 조언을 구했다. 상민이 말했다.
　"친구들도 힘들게 살고 있는 사람 많아. 다들 지금 어려운가 봐. 참, 얼마 전에 정미수 만났는데 너 잘 사느냐고 묻더라. 온 김에 한번 만나볼래?"
　나는 속으로 소름이 돋는 것을 느끼며 태연한 척 물었다.
　"언제부터 미수랑 연락이 된 거야?"
　"나도 안 지 얼마 안 됐어."

나는 15년 전에 헤어진 미수 얼굴을 떠올렸다. 대학교 2학년 때였다. 어느 날 친구들과 어울려 포장마차에서 술을 마시고 헤어지려는 순간, 미수가 내 귀에 대고 말했다.

"야, 남기준, 나 오늘 밤 네 원룸에서 신세 지면 안 될까? 갈 데가 없어서 그래."

은근히 미수를 좋아하던 나는 망설일 필요가 없었다. 아니, 속으로 만세를 불렀다.

"그러자. 친구 좋다는 게 뭐냐. 가자, 우리 집으로."

그렇게 시작된 우리의 동거는 꿈같았다. 나는 완전한 남자가 되었다는 자부심에 들떴고 미수 역시 흡족해했다. 하지만 어느 날 내가 고향집에 다녀온 뒤 받은 충격은 엄청났다. 아무런 흔적 없이 미수가 사라졌기 때문이다. 친구처럼 애인처럼 지내다가 싫어지면 부담 없이 헤어지자고 약속한 사이라고는 해도 몹시 힘들었다. 전화 연락은 안 되었고 그녀의 연락처를 아는 사람은 아무도 없었다. 학교는 휴학 처리 되었다고 했다. 도대체 무슨 까닭이 있었을까? 내 어떤 점이 그렇게 싫었을까 참 궁금했다.

상민이 전화를 걸자 미수의 쾌활한 목소리가 들려왔다. 한 시간도 못 되어 그녀가 나타났다. 여전히 날씬한 몸매에 도도한 걸음걸이, 고급스러운 차림새가 '나, 지금 잘 살고 있음'이라고 말해주는 것 같았다. 나는 심장이 벌렁거리는 것을 내색하지 않으려고 어색한 웃음으로 그녀를 맞았다.

"남기준, 오랜만."

그녀가 악수를 청했다.

"그러게, 미수 넌 여전하네. 하나도 안 변했어."

상민의 화통한 입담 덕에 서먹한 분위기를 덜어내고 있는데 상민의 전화벨이 울렸다. 딸아이의 전화라며 상민이 급하게 일어나서 나가고, 미수와 둘만 남게 되자 내가 먼저 입을 뗐다.

"나, 오랫동안 물어보고 싶은 게 있었는데, 오늘 그 대답을 좀 듣고 싶다. 그때 왜 그렇게 자취를 감췄는지."

"그럴만한 사연이 있었나 보다 이해해 줘."

"혹시 내가 싫어져서 그런 건 아니었는지 궁금했어."

"무슨 뜻인지 알 거 같아. 그 대답을 듣고 싶다면 일단 일어나. 갈 데가 있어."

미수가 일어서며 재촉하자 나도 따라 일어났다.

*

"절대 안정이 필요하고요. 엄마가 우울하면 아기도 똑같이 힘들어요. 편안하게 쉬면서 좋은 생각만 하셔야 합니다. 큰일 날 뻔했어요."

나는 안정을 찾을 때까지 병원에 있기로 했다. 내 몸 안에서 숨 쉬고 있는 새 생명을 무사히 출산해야겠다는 강렬한 의지가 솟구쳐 올랐다. 못 먹고 토하고 불면의 밤을 보내느라 형편없는 내 몰골에 비해 마음이 단단해지는 게 신기했다. 아기가 무사하다니 말로 다할 수 없이 고마워서 배를 쓸어주며 아기를 달랬다.

"아가야, 놀랐지? 미안해. 이제부턴 정말 조심할게."

아기에게 미안하고 서러운 감정을 주체할 수 없어 자꾸 눈물이 났다. 지금껏 한 번도 믿어본 적 없는 신에게 간절하게 기도했다.

"신이시여, 부디 내 아기를 무사히 출산하게 해주세요. 그 대신 다른 건 부탁하지 않을게요."

이제 남편의 복잡한 문제 따위는 내 관심 밖이었다. 자기 인생 자기가 알아서 해결하겠지 뭐. 내버려두기로 했다. 무거운 짐 보따리를 내려놓은 듯 홀가분해졌다.

내 기도가 통했는지 오랜만에 편안한 잠을 잤다. 꿈인 듯 생시인 듯 친정엄마 목소리를 들은 것 같다.

'연숙아, 남 서방 너무 원망하지 마라.'

*

미수가 사는 고층 아파트 12층에서 내려다보는 천변 풍경은 영화 속 한 장면 같았다. 유유히 흐르는 탄천을 사이에 두고 양쪽으로 쭉 뻗어 있는 산책로 주변 공원, 둘씩 셋씩 다정한 모습으로 걷는 사람들, 경쾌하게 달리는 자전거 행렬, 개를 데리고 여유롭게 산책하는 사람들 모두 딴 세상 사람들처럼 보였다. 나는 미수가 참 대단한 여자라고 생각했다. 미수가 이렇게 성공하는 동안 나는 뭐했나 싶어 씁쓸했다.

어차피 되돌릴 수 없는 과거는 그렇다 치고 지금 다시 미수를 만난 건 또 무슨 인연인지, 세상 참 묘하다 싶었다. 미수와 재회한 후로, 실추된 내 자존심이 회복되는 거 같아서 다른 생각은 하고 싶지도 않았다. 밤마다 미수와 와인을 마시고 뜨거운 회포를 푸는 이 생활이 영원했으면 좋겠다는 생각뿐이다. 그러다가도 가끔 아내 얼굴이 생각날 때면 미수에게 미안했다. 미수는 그런 내 마음을 다 안다는 듯 나를 다독여 주었다.

"자기야, 여기서 살아보니까 어때? 동네 참 좋지! 난 자기랑 같이 있으니까 너무 든든하고, 옛날에 자기에게 진 빚 갚는 거 같아서 좋아."

"야, 인생 참 묘하다. 우리가 조금만 더 일찍 재회했더라면 얼마나 좋았을까. 내가 유부남 돼버린 게 참 미안하다."

"떳떳하지 못한 건 나도 마찬가지야. 다 늙은 부동산 재벌에게 수년간 청춘을 팔아 얻은 내 것들, 아파트며, 부동산 사무실, 심지어 우리 딸까지. 모두 부끄러운 내 발자취들이야. 남들처럼 폼 나게 한번 살아보려고 불불 안 가리고 살아온 불량 인생이라는 뜻이지."

"딸은 지금 어디 있는데?"

"친정에 있어. 내년엔 데려올까 해. 학교에 들어가게 되면 내가 보살펴야지. 불쌍한 아이야. 그 늙은 남자가 아들 하나 낳아주면 재산 절반을 주겠다는 바람에 나는 인생을 건 모험을 했어. 그 사람, 부동산이 어마어마하게 있거든. 그런데 딸이 태어나자 자기 눈에 뜨이지 않게 키우라고 하더라고. 그 대가로 얻은 것들이 지금의 내 삶이야. 어때! 자기 궁금증이 좀 풀렸어?"

"너무 자책할 거 없어. 어쨌든 열심히 살아왔잖아. 법을 크게 어긴 것도 아니고."

"그래도 나는 늘 그 늙은 남자의 숨겨진 여자였어. 완전하게 자유로워진 건 작년부터야. 그 남자가 죽었거든. 그래서 이제 내 딸을 데려다가 엄마 노릇 제대로 해볼까 해."

딸 이야기를 하는 미수의 눈가가 촉촉해지는 것을 보자, 시골에 홀로 계시는 어머니 얼굴이 떠올랐다. 별 볼 일 없는 나를 세상에서 제일 귀한 아들이라며 만날 토닥여 주시던, 지금은 초라하게 쭈그러져 버린 늙은 어머니. 죄송한 마음이 들었다.

아내에게서 전화가 몇 번 왔지만 받을 수 없었다. 만약 지금 내 상황을 아내가 알게 된다면 나는 더욱 나쁜 인간으로 낙인찍힐 것이다. 하지만 미수를 다시 만난 행운을 놓치고 싶지 않은 게 솔직한 내 심정이다. 전화위복이 될지도 모를 천금 같은 기회를…….
 며칠 전 미수가 나를 안으며 말했다.
 "자기야, 성격 안 맞는 와이프랑 평생 같이 살 자신 있어? 아이 생기기 전에 정리하는 건 어때? 그게 모두를 위하는 일이 될 거 같은데. 언제 내려가서 와이프 마음 한번 떠봐."
 나는 미수의 말에 전적으로 동감했다. 하지만 내가 먼저 이혼이라는 말을 입에 붙일 수는 없을 거 같았다. 어떤 결정적 순간이 오기를 기다려 볼 수밖에. 미수가 이런 나를 이해해 주면 참 좋겠다.

*

 병원에 누워 있는 동안 내 삶을 되짚어 보았다. 아기를 낳기로 마음을 굳히고 보니, 포기해야 할 것들이 적지 않을 거 같았다. 혼자 힘으로 낳아서 기르는 게 쉽지 않을 거 같아 한숨이 나왔다. 나도 결국 엄마 팔자를 닮아가는 걸까. 지지리도 고생 많이 하던 엄마처럼 살지 않으려고 얼마나 이 악물고 살았는데. 시내 번화가에 최신 시설을 갖춘 미용실 원장이 되는 게 꿈이었는데 그건 포기해야 할 거 같았다. 그 꿈을 쉽게 이루려고 남기준과 결혼해서 이 꼴이 된 거 같아 씁쓸했다. 그런데 아기가 태어나면 아빠가 없어서 어떡하지? 아기한테 못 할 짓인 거 같아 괴로웠다. 그렇다고 무책임하기 짝이 없는 남편까지 내가 도맡을 수는 없지 않은가. 나잇값은커녕 자기밖에 모르는 어린애 같은 남자를. 집 나간 지 한 달이 다 됐는데 어디서 무얼 하는지 전화 한 통 없이, 지금쯤 헛바람만 날리고 있을 철부지를 생각하니 진저리가 쳐졌다. 아, 복잡한 문제는 더 이상 생각하기 싫다. 그저 모든 근심 다 잊고 잠이나 실컷 자고 싶었다.

*

어젯밤 걸려 온 사촌 형님의 전화가 아니었다면, 나는 지금쯤 미수와 함께 강릉 바닷가에 도착해 있을 것이다. 싱싱한 회도 먹고 바닷바람도 좀 쐬러 가자고 약속한 날이었으니까. "좋은 일이니 지체 말고 내려와." 형님의 근엄한 말 때문에 고속버스로 가고는 있지만 무슨 일인지 짐작이 되지 않았다. '혹시 군청에 다시 채용되려나? 아니. 그런 일이 일어날 리 없어.'

P읍에 가까워질수록 머릿속이 복잡했다. 잠이라도 자야겠다 싶어 의자를 뒤로 젖혔다. 웬만한 침대보다 편안한 우등 고속버스, 스르르 눈이 감겼다. 꿈같은 장면이 눈앞을 지나갔다. 푸른 바다에 떠 있는 호화 유람선이 갑자기 난파당하고 나와 미수는 어디론가 허둥지둥 달려가고 있었다. 깜짝 놀라 깨어서 미수에게 전화를 걸었다.

"별일 없지?"

"그럼. 우리 오늘 강릉에 안 가길 잘했어. 엊그제 급매물로 나온 50억짜리 건물 매매 성사될 거 같아서 기분 최고야. 그런데 자기가 옆에 없으니까 허전하네. 아무튼 빨리 올라와. 응! 그 문제 잘 생각해 보고."

콧소리 섞인 미수의 목소리를 듣자 안심이 되면서도 기분이 무겁다. 미수가 원하는 게 뭔지 알고 있고 나 또한 격하게 공감하고 있다. 정미수 내 사랑스러운 첫 여자, 이번엔 무력감에 빠진 나를 구해준 고마운 여자. 그렇지만 그녀는 혼자가 아니다. 사진으로 본 미수의 어린 딸 모습이 뇌리를 스쳤다. '남의 핏줄을 우리 집 호적에 올린다고?' 만약 돌아가신 아버지가 아신다면 불벼락 떨어질 일이다. 내가 만약 박연숙을 밀어내고, 정미수와 재결합한다면, 주변 사람들은 나를 인간 취급도 안 할 것이 뻔했다. 마음이 천근만근 무거웠다.

고속버스에서 내리자마자 사촌 형님에게 전화를 걸었다.

"당장 ○○산부인과로 가봐."

한마디만 하고 전화를 끊는 형님의 말은 냉기가 서려 있었다. 예상 밖이다. 택시를 타고 ○○산부인과에 가는 동안 번개처럼 스치는 생각에 기분이 아찔했다. 병원에 도착했다. 해쓱한 얼굴을 한 아내가 링거 주삿바늘을 꽂은 채 잠들어 있었다. 어떻게 된 일이냐고 묻는 내게 의사가 나무라듯 말했다.

"임신 중 우울증은 온 가족이 합심해서 이겨내야 합니다. 하마터면 태아도 산모도 위험할 뻔했어요. 잘 살펴주세요."

다행히 위기 상황은 비껴갔지만, 절대적 안정이 필요한 시기라는 말에 뜨끔했다. 잠든 아내가 눈을 뜨면 무슨 말부터 해야 할지, 몹시 어색할 거 같았다. 흔들어 깨워볼까? 잠시 생각하다 좀 더 기다리기로 했다. 그녀 안색이 너무 딱해 보였기 때문이다. 나는 아내의 침대 곁에 앉아서 아내가 깨기를 기다렸다. 아내에게 말할 적당한 변명을 생각해 보았다. 그동안 친구 집에서 지냈다고 할까. 아니면 무조건 잘못했다고 빌어볼까. 고심하고 있는데 미수에게서 문자메시지가 왔다. '친구, 잘 도착했어?' 역시 정미수다운 센스였다. '그래! 친구 집에서 지내다 왔다고 우기는 수밖에…….'

이윽고 아내가 눈을 떴다. 침대 곁에 앉아 있는 나를 본 아내는 마치 나를 모르는 사람 취급했다.

"여보, 나 없는 동안 고생 많았겠네, 미안해."

아내는 내 말을 못 들은 척 고개를 돌렸다. 야속했다. '남편이 사과를 하면 받아줘야지, 무슨 여자가 이리 고집이 센 거야?' 나는 끓어오르는 화를 삭이며 아내가 듣든 말든 이야기를 했다. 그동안 전화 못 해서 미안하다. 그럴만한 사정이 있었다. 친구랑 사업 아이템 찾느라 바빴다. 이제 당신 하자는 대로 할 테니 마음 좀 풀어라…….

한참 있다가 아내가 일어날 기색을 보였다. 얼른 다가가 안아 일으켜 주려는 내 손을 아내는 거부했다. 혼자 힘겹게 일어난 아내의 얼굴이 눈물과 분노로 일그러져 부스스했다. 아내는 아무 말도 듣고 싶지 않다며 "어서 가보세요."라고 말했다. 황당했다. '한 달 만에 만나는 남편을 이런 식으로 대하다니.' 나는 어이없는 기분으로 병실을 나왔다.

마음이 착잡했다. 미수에게 전화를 걸려다가 미수의 딸이 생각나서 그만두었다. 그리고 아내의 뱃속에서 꼬물거리고 있을 내 핏줄을 생각해 보았다. 아들일까, 딸일까. 몇 달 후면 내 아이가 세상에 태어난다는데, 아! 나는 누구를 선택해야 하나?

나는 일단 어머니가 계신 고향집에 들러야겠다고 생각했다. 어머니한테 솔직하게 이야기하다 보면 정답을 찾을 수 있지 않을까. 세상에서 어머니만큼 나를 진심으로 위해주는 사람은 없을 테니까.

*

집 나갔던 남편이 한 달 만에 돌아왔다. 그동안 서울 친구 집에서 지냈었다고 변명을 했지만 믿어지지 않았다. 어디서 무얼 하다 왔는지 안색이 멀쩡한 걸 보면 그리 고생은 안 한 것으로 보였고, 사업 아이템을 찾느라고 바빴다는 말은 뻔한 헛소리로 들렸다. 너무 야속하고, 말이 안 되는 그의 변명을 듣는 게 괴로웠다.

병상에서 일어나는 나를 잡아 일으키려는 그의 손길을 뿌리치자 기다렸다는 듯 나가버린 걸 보면 그의 사과는 진심이 아니었다. 나와 아기에게 진심으로 미안한 마음이 있다면 내가 아무리 뿌리친다고 한들 열 번이고 백 번이고 사과를 해야 마땅할 것이다. 다시는 그를 대면하고 싶지 않지만 뱃속의 아기를 생각하면 앞이 아득하다. 아빠 없는 아이로 태어나 한세상 살아간다는 게 얼마나 가시밭길인지는 더 이상 말이 필요 없을 일이다.

병실 문을 열고 나가는 그의 뒷모습을 보면서 곧 다시 돌아와 나를 달래줄 것을 기대했던 건 지나친 욕심이었을까. 하지만 밤이 되어도 그는 돌아오지 않았다. 나는 마지막 기대감이 와르르 무너지는 것만 같아 울음이 터져 나왔다. 다시 가슴이 벌렁거리고 어지러웠다. 놀란 간호사가 보호자를 찾았다. 하지만 내 곁엔 아무도 없었다. 입원할 때 나를 데리고 왔던 사촌 형님에게 병원에서 연락했는지 사촌 형님 부부가 달려왔다. 간호사가 말했다.

"오후에 남편분이 잠시 들렀다가 가서는 오지 않았어요."

시숙님이 혀를 끌끌 차는 소리가 들리고, 시댁으로 전화를 걸어 사정을 알리는 목소리도 들렸다. 얼마쯤 지나자 병실 문이 열리며 시어머니의 놀란 목소리가 들렸다.

"아니, 이게 뭔 일이다냐? 우리 장한 며느리가 왜 이런다냐?"
내 이마를 짚어보는 시어머니 손길에 나는 계속 눈물만 흘렸다.
"며늘애기야, 참말로 미안하다. 나를 봐서 한 번만 더 내 아들 믿어주면 안 되겠냐? 내가 이렇게 빈다."
며느리 손을 붙잡고 자기 자식을 받아달라고 울먹이는 시어머니 목소리를 들으면서 나는 내 아기를 생각했다. 아, 어미가 자식을 위해서는 못 할 짓이 없나보다. 그렇다면 나도 내 아기를 위해서라면 못 할 일이 없을 듯했다. 몇 달 후에 태어날 내 자식이 아빠 없이 자라게 하는 건 못 할 짓일 것이다. 이게 내 운명이라면 아기를 위해서 내가 한 번 더 참고 속아주어야 하나, 계속해서 흐르는 내 눈물을 시어머니가 닦아주었다. 나는 크게 숨을 들이마시고 나서 일어나 앉았다. 병실 구석에 서 있던 남편이 주춤주춤 내 곁으로 오는 걸 보면서 나는 아랫입술을 지그시 깨물었다.

대철은 며칠째 벼르고 있던 생각을 되짚어 보며 현관문을 열었다. 자로 잰 듯 반듯하게 정리된 거실 풍경이 오늘따라 더 답답하게 느껴졌다. 반갑다고 쪼르르 달려 나오는 강아지를 못 본 체하자 왈왈 짖었다. 손에 고무장갑을 낀 경임이 주방에서 나오며 저녁을 먹었느냐고 물었다. 대철은 먹고 왔다며 소주나 한잔 달라고 했다. 경임이 못마땅한 얼굴로 투덜거렸다.

"하루라도 안 마시면 큰일 나나. 소주는 없고 와인 한 병 있는데 그거 줄까?"

"그러든가."

경임이 와인 병과 잔을 가져왔다. 땅콩 한 줌뿐인 안주 접시를 쳐다보던 대철이 말했다.

"당신 좀 앉아봐요. 나 할 말 있는데."

"무슨 말? 나 지금 진순이 씻겨야 하는데 이따가 이야기해."
"그래! 강아지가 남편 말보다 더 중요하다 그거지?"
이상하리만치 상기된 목소리로 대철이 말을 질렀다. 당황한 경임이 소파에 앉으며 무슨 할 말이냐고 물었다. 조금 뜸을 들인 대철이 말을 꺼냈다.
"우리 결혼한 지 얼마나 됐지?"
"모처럼 일찍 들어와선 별걸 다 묻네. 그걸 몰라서 물어? 우리 애들 둘 다 결혼한 거 보면 세월 많이도 흘렀지, 지겨울 만큼."
"그렇지, 지긋지긋하지. 그동안 당신 고생 많이 했는데 내가 선물 한 가지 해줄까 싶어서."
"무슨 선물? 내 완치 선물이라면 의미는 있겠네."
경임이 엷은 미소를 띠자 대철은 갑자기 마음이 바뀐 듯 선물 이야기는 나중에 하자며 와인 병마개를 땄다. 퐁! 소리를 내며 갈색 코르크마개가 바닥으로 떨어졌다. 그 모습을 쳐다보던 경임은 실망한 표정을 지으며 일어섰다.
"그러면 그렇지. 무슨 대단한 말 할 줄 알았더니 싱겁기는."
다시 주방으로 들어가는 경임 뒤를 흰색 강아지가 졸졸 따라 들어갔다.

이틀 후, 취기 가득한 얼굴로 현관문을 들어서는 대철에게 경임이 쏘아붙였다.

"당신 오늘도 얼굴 빨간 거 봐. 퇴직하고 느는 건 술하고 뱃살밖에 없다니까."

경임의 말투에 신경질이 들어 있었다.

"저녁은?"

"먹었으니까 신경 쓰지 말고 여기 좀 앉아보라고, 나 할 말 있으니까."

"할 말 있으면 술 깨고 말해요. 내일 아침에."

"취한 게 아니라고, 심경임 씨! 남편이 할 말 있다고 할 때 그냥 들어주면 벌금 나오냐고? 내일부터 나 안 보이면 당신 혼자 살아. 알았어?"

대철은 고함치듯 선언하고는 자기 방으로 들어가 버렸다. 경임이 소리쳤다.

"씻지도 않고 자려고?"

대철은 못 들은 척 유튜브에서 '용두산 엘레지'를 찾아 크게 틀었다. 유명 여가수의 애절한 목소리가 집안에 울려 퍼졌다.

다음 날 아침, 대철은 정말로 짐을 꾸렸다. 겨울옷 외에도 얇은 옷 몇 가지를 챙기고, 지갑을 열어 주민등록증, 신용카드를 확인한 다음 거울을 보았다. 거울에 비친 반백 머리 사내가 '어이! 문대철 지금 뭐 하자는 거냐?' 묻는 거 같다.

'그래, 더 늦기 전에 내 맘대로 한번 살아보는 거다. 더 늦기 전에.' 대철은 다짐을 하듯 옷매무새를 살폈다. 두툼한 검정색 패딩 코트 지퍼를 끝까지 올리고 빨간 체크무늬 목도리를 둘렀다. 작년에 딸이 사 준 진한 청색 모자도 써보았다. 흰머리를 가려줘서 썩 괜찮아 보였다. 검정색 마스크를 쓰고는 방 안을 한번 둘러보다가 텔레비전 곁에 있는 돋보기안경을 가방에 집어넣었다. 커다란 짐 가방이 두 개나 되었다. 현관문을 열고 나가는 대철의 등 뒤로 경임이 다급하게 외쳤다.

"아니, 어딜 가는 거야, 아침밥도 안 먹고?"

대철은 대답 대신 마당에 있는 자동차 트렁크를 열고 가방을 실었다. 차에 타기 전 별일 아닌 것처럼 말했다.

"당분간 안 들어올 테니 그렇게 알고 있으라고."

자동차 시동을 거는 대철을 넋 나간 듯 쳐다보던 경임은 대철이 떠나자 대문을 부서져라 닫았다. 거실로 들어와 씨근대는 경임 곁으로 진순이가 다가와 꼬리를 살랑거렸다. 경임은 진순이를 끌어안으며 말했다.

"그래, 진순이 네가 서방보다 낫다. 저 인간이 왜 저러는지 참기가 막혀서."

경임은 도무지 영문을 알 수가 없었다. 세상에 둘도 없을 만치 성실했던 사람이 왜 변했는지. 퇴직 후 적당한 일자리를 못 찾아 고심하고 있다는 건 알고 있었다. 생활비 걱정은 안 해도 될 처지라지만 그래도 날마다 빈둥거리는 게 달갑지가 않았다. 그래서 어디 일자리 좀 알아보라고 잔소리 몇 번 한 거밖에는 없는데, 그거 때문에 저 난리를 치는가? 부부 사이에 그 정도 말도 못 하나?

*

지난 가을 어느 날, 대철은 경임이 통화하는 소리를 우연히 들었다.

"그래, 네 말이 맞다. 남자가 돈도 안 벌면서 집에서 꼬박꼬박 삼식이 하는 건 골치 아프지. 우리 집도 삼식이야. 날마다 집에서 빈둥거리는 거 진력난다. 얘!"

대철이 들어온 줄도 모르고 주방에서 통화를 하던 경임은 거실에 서 있는 대철을 보고는 흠칫했다. 그 순간 대철은 아내에게서 정나미가 떨어졌다. 더 이상 경임이 차려주는 밥을 먹고 싶지 않았다. 그날 밤, 밖에서 먹고 왔다고 둘러대고 굶고 자면서 밤새 속을 끓였다. 퇴직 후 갈 곳 없는 남편에게 하루 세끼 밥 차려주는 게 그렇게도 귀찮은 일인가. 수십 년간 가족을 위해 죽어라 일했던 남편을 삼식이 어쩌고 하면서 비아냥거리다니 괘씸했다. 경임을 향한 불만이 부글거리자 대철은 자신이 헛살았다는 생각에 서글펐다.

퇴직 전까지는 시계추처럼 집과 직장만을 오갔던 가장이었다. 퇴직하면 실컷 늦잠도 자고 여기저기 마음대로 돌아다닐 수 있을 거라는 기대는 헛꿈이었다. 우선 아내랑 의견이 맞지 않았다. 경임은 아무 데도 가려고 하지 않았다. 수년간 아프고 난 끝이라 그럴 수 있을 거라고 이해는 해줄 수 있다. 하지만 매사를 자신의 기분대로만 살고 있는 게 너무하다는 생각이 들었다. 날마다 전투하듯 집 안 청소만 하는 아내, 텔레비전으로 보는 건강 프로그램이나 영화 감상 외에는 다른 취미 활동은 조금도 신경 쓰지 않는 게 답답했다. 대철은 그동안 친구들끼리 가는 여행도 다 포기하고 오로지 경임의 비위 맞추느라 전전긍긍했던 게 억울했다. 부부 동반 여행은 고사하고, 언제 고향에 한번 다녀오자고 몇 번이나 졸라도 못 들은 척하는 경임이 야속했다.

대철은 남는 게 시간인 삶이 지루하기 짝이 없었다. 이렇다 할 취미 활동 경험이 없다 보니 그냥저냥 소파와 한 몸처럼 지내는 처지가 말도 못 하게 비참했다. 밤늦게 텔레비전을 보거나 유튜브를 벗 삼아 밤을 새우다가 잠이 들면 심하게 코를 드르렁거렸다. 그걸 못 참겠다며 건넛방으로 달아난 지 여러 달째인 경임이 생각할수록 미웠다. 나한테 이럴 수는 없지, 그동안 나도 할 만큼 했는데.

결혼 후로 꽤 긴 세월을 부모 형제 살피느라 정신없이 살았다. 여러 해 투병 생활을 했던 어머니, 두 명의 여동생들 공부시키고 결혼시키기까지. 걸핏하면 무리한 부탁을 해오는 누님들과 조카들 대학 졸업 때까지 신경 써야 했던 일들. 대철에게도 경임에게도 버거운 짐이었다. 정작 본인의 자녀 양육에 대철은 크게 신경 쓰지 못했는데 그 부분은 경임이 거의 다 해결하며 살았다. 경임이 암 진단을 받고 나자 대철은 아내에게 많이 미안했다. 시댁 핏줄들 거두느라 너무 고단하게 살았던 경임 곁에서 죄인의 심정으로 살아야 했다. 이제 신경 써줄 피붙이들도 다 떠났고, 일터에서 밀려나 노인 세계로 접어든 대철의 마음에 헛헛한 바람이 넘실거리고 있었다.

다행히 경임이 건강을 되찾아서 한시름 놓게 되었다. 이제 남들처럼 골프도 치고 여행도 다니고 싶은 마음이 굴뚝같았다. 하지만 참고 지내야 했다. 돈 많이 들어가는 취미 활동은 아직 무리라고 말하는 경임의 뜻을 무시할 수가 없었다. 그동안 피붙이들 챙기느라 쓴 돈이 적지 않았고, 경임의 건강 회복을 위해 쓴 돈도 만만치 않았기에 펑펑 쓸 돈은 없다는 걸 알고 있었다. 그래도 먹고살 걱정은 하지 않아도 되지 않은가. 이제부터라도 숨 좀 크게 쉬면서 살아도 되지 않을까.

날이 갈수록 공허한 마음이 들면서 대철은 어린 시절을 자주 떠올렸다. 1남 5녀가 북적거리며 살던 시절, 장래 집안의 대들보라고 얼마나 극진한 대접을 받았던가. '내가 우리 집 희망이자 보물이었는데, 뭐가 남았지?' 대철은 자기 인생이 텅 빈 자루 같다는 생각이 들어 괴로웠다.

*

집에서 삼식이 취급은 안 받겠다고 작심한 대철은 낮에 여기저기 돌아다녔다. 값싸고 맛 좋은 음식점을 찾아내는 게 소소한 즐거움이다 보니 오래된 동네 골목에 있는 음식점들을 자주 기웃거렸다. 종로 5가 뒷골목 남해포차에 들르게 된 것도 그 때문이었다. 그날도 해가 뉘엿거릴 무렵 포차 골목에 들어섰다. 어디선가 남진의 '나야 나'가 흘러나왔다. '……아자~ 내가 뭐 어때서…….' 대철이 가장 좋아하는 노래, 끝까지 부를 수 있는 유일한 노래였다. 끌리듯 남해포차 출입문을 젖혔다. 50세쯤으로 보이는 남자가 휴대폰에서 나오는 노래를 따라 흥얼거리며 장사 준비를 하고 있었다. 왠지 친근해 보이는 그 남자 표정을 살피며 서 있는 대철에게 그가 말했다.

"손님, 오늘 첫 손님이신데 들어오십시오."

대철은 가게 안을 둘러보았다. 사각 테이블 큰 거 두 개, 작은 거 세 개. 소규모였지만 청결해 보였다. 테이블 간격이 넉넉한 것도 마음에 들었다. 벽에 붙어 있는 메뉴판을 살피는 대철에게 남자가 다시 권했다.

"우선 앉으십시오."

"아, 그러죠."

벽에 붙어 있는 '양태구이 4,500원'이 대철의 눈길을 끌었다.

"양태구이 맛보기 쉽지 않은데 여기서 맛볼 수 있겠네요."

그 남자가 대파를 썰면서 대답했다.

"네, 제가 좋아하는 생선이라서요. 여수 친구가 보내주는데, 찾는 사람이 그리 많진 않아요."

"몰라서들 그렇지, 양태는 고급 생선이죠."

대철은 빨강 플라스틱 의자에 앉으면서 어머니의 밥상을 떠올렸다. 고소하면서도 고들고들한 식감을 즐길 수 있는 양태 요리는 국으로, 조림이나 구이로 자주 먹었던 음식이다. 따끈한 밥상 앞에 둘러앉은 식구들이 생각났다. 아버지, 누나들, 여동생들, 특히 양태살을 발라 대철의 숟가락에 얹어주던 어머니가 울컥 그리웠다.

양태구이가 나왔다. 대철은 고소한 냄새를 깊게 들이마셨다. 노릇하게 구워진 중간 크기의 양태 한 마리에 고향 냄새, 유년의 냄새가 배어 있었다. 손 닦을 생각도 잊고 양태살을 발랐다. 뼈처럼 보이는 굵은 가시를 잡고 살을 바르는 느낌이 좋았다. 부서지지 않고 조르르 발라지는 살을 입에 넣자 혀끝에 퍼지는 맛이 그리운 사람을 만난 것처럼 반가웠다. 양태구이랑 라면 하나, 소주 한 병을 기분 좋게 먹고 집으로 돌아왔다. 경임은 잠들어 있는지 기척이 없다. 대철은 소파에 앉아 텔레비전을 켰다. 오디션 프로에서 선발된 젊은 가수들이 트로트 쇼를 벌이고 있었다. 신나는 트로트를 들으면서 발가락을 까닥거리는 게 집에서 맛보는 유일한 즐거움이었다.

대철은 남해포차 단골이 되었다. 고향 냄새 풍기는 분위기가 편했고, 주인 세호와도 많이 가까워졌다. 대개 첫 손님으로 가서 세호와 몇 마디씩 주고받는 게 좋았다. 동향 사람을 만나서인지 가끔은 고향 말씨가 튀어나오기도 했다. 어느 날 손님이 뜸한 틈을 타서 대철이 말했다.

"배 사장, 우리 형제처럼 지내보는 건 어쩔까잉? 나가 행님 허고 거그가 동생 허는 거."

그러자 세호가 맞장구를 쳤다.

"저야 겁나게 좋지라. 그럼 오늘부터 지가 정 선생님 동생 할랍니다. 행님."

"그런 의미에서 우리 한잔 부딪쳐 봐야제. 내가 살랑께."

"아니죠, 지가 대접해야지라. 행님."

그날 세호와 나눈 술자리는 대철에게 한 줄기 숨구멍이 되었다. 대철은 손님이 뜸한 날엔 늦게까지 머물면서 세호에게 이런 저런 이야기를 했다. 수십 년간 착실하게 살아온 결과가 빈껍데기 같다는 속내를 비칠 땐 눈물을 훔쳤다. 어느 날 늦게까지 남아 있는 대철에게 세호가 슬며시 제안했다.

"형님, 집에 들어가시기 그리 불편하시면 당분간 제 집에서 지내십시오. 저는 밤 장사하고 낮에 들어가서 조금 자고 또 나옵니다. 그러니까 형님 편하게 밤잠 주무시고 낮에는 취미 생활 하시고 여행도 다니고 하다 보면 기분이 좀 나아지지 않을까요?"

세호의 제안에 대철은 바로 대꾸하진 않았다. 아내와 같은 집에 있는 게 불편하고, 오래된 그 주택에서 벗어나고 싶다는 생각을 가끔 했지만, 잘 모르는 남의 집으로 거처를 옮긴다는 게 말이 안 될 일이기 때문이다. 얼마 전, 경임에게 집을 팔고 외곽으로 이사를 하는 게 어떻겠느냐고 했다가 크게 싸울 뻔했다. 이 집이 어떤 집인지 몰라서 그러냐고, 친정 부모님이 처음으로 장만했던 이 집을 물려주신 건 끝까지 잘 지키라는 뜻인 걸 당신도 잘 알지 않느냐고, 화단 있는 마당, 월세 받는 방이 세 칸이나 있는 집에서 왜 이사할 생각을 하느냐고 버럭 화를 내는 경임에게 대철은 혼잣말처럼 중얼거렸다.

"나도 이만한 제안은 할 권리가 있는 거 아냐?"

옛날에 시골 어머니 모셔 올 때, 별채를 증축하느라 시골 전답을 정리한 돈이 몽땅 들어간 것을 염두에 두고 한 말이었다. 하지만 대철은 더 이상 다투고 싶진 않았다. 만약 우겼다가는 경임이 또 얼마나 피곤하게 따질지, 지나간 이야기들 죄다 꺼내서 속사포처럼 쏘아댈 게 뻔했기 때문이다.

"알았소. 당신 좋을 대로 해야지, 내가 뭐……."

대철은 요즘 들어 마음이 점점 심란해지고 아내와 따로 지내고 싶은 마음을 어떻게 다스려야 할지 머릿속이 복잡했다. 밤이면 집에 들어가는 게 싫어져 괴로워하다가 불현듯 세호의 제안이 생각난 것이다. '그래, 이 나이에 사고 한번 쳐본다고 죽진 않겠지. 일단 집을 나오고 보는 거다.' 대철의 머릿속에 환하게 웃는 그녀의 얼굴이 스쳤다.

대철이 그녀 명금을 처음 본 건, 지난 연말쯤이었다. 남해포차에서 저녁 식사를 해결하고 막 자리를 뜨려는 참이었다. 중년 초반으로 보이는 여자가 출입문을 젖히고 들어왔다. 자주색 가죽 재킷을 입은 그녀가 가게를 둘러보며 서 있자, 세호가 스윽 쳐다보더니 찡그렸다. 그녀는 세호를 향해 묘한 미소를 짓고는 대철의 옆 테이블에 자리를 잡고 앉았다. 그러고는 대철에게 속삭이듯 물었다.
"아저씨, 여기서 제일 맛있는 안주가 뭐예요?"
"양태구이 시켜보세요. 정말 맛있어요."
"양태구이라고요? 그게 뭔데요?"
"남해에서 나는 고급 생선인데 이 집에서만 맛볼 수 있는 귀한 거죠."
"좋아요, 여기 소주 한 병이랑 양태구이 하나요."
세호가 그녀 앞에 술과 양태구이 접시를 탁 소리 나게 놓아주었다. 뭔가 못마땅해 보였다.
"어머나! 처음 먹어보는 건데 안주로 최고네."
대철은 그녀의 반짝거리는 붉은 손톱 밑에서 양태 살점이 발라지는 게 신기했다. 웃으면서 눈을 크게 뜨는 표정이 가수 ○○과 비슷하다고 생각하면서 대철은 시간을 끌었다. 다음 날 또 남해포차에 간 대철은 그녀가 나타나길 은근히 바랐다. 하지만 그녀는 나타나지 않았다. 그다음 날도.

일주일 후 그녀가 친구랑 같이 나타났다. 두 여자는 소주와 양태구이, 달걀말이를 시키고는 다 들으라는 듯 큰 소리로 수다를 떨었다. 대철은 자석에 끌리듯 귀를 세웠다. 그녀 이름이 명금이라는 것과 아들이 하나 있는 이혼녀라는 걸 알 수 있었다. 그녀가 트로트를 좋아해서 공연장에 자주 간다는 이야기를 들으면서 대철은 그녀와 자기 사이에 어떤 끈 하나가 이어지는 느낌이 들었다.

묘한 일이었다. 대철은 집에 가는 길에 '명금'이라는 이름 뜻을 헤아려 보았다. '밝을 명(明)에 비단 금(錦)인가. 아니면 새길 명(銘)에 쇠 금(金)인가. 어떻게 해도 이름 뜻이 괜찮군.' 며칠 뒤 대철은 다시 명금을 만나게 되었다. 혼자 소주잔을 기울이는 그녀에게 대철이 말을 건넸다.

"저! 명금 여사님, 저랑 술친구 한번 해보실래요?"

대철은 어디서 그런 용기가 났는지 스스로 생각해도 신통했다.

"호호, 술친구요. 그거 좋은데요. 그런데 제 이름을 어떻게 아실까요?"

두 사람이 술친구가 되자 명금은 활달하게 대철에게 다가왔다. 오빠라고 불러도 되냐고 물었을 때 대철은 온몸의 세포들이 옴질거리는 걸 느꼈다. 젊어지는 샘물을 벌컥벌컥 마신 것처럼 들뜬 대철은 건배를 제안했고, 두 사람은 '청·바·지'를 외치며 소주잔을 부딪쳤다.

*

 대철이 여행 가방 두 개를 끌고 럭키오피스텔에 도착한 건 점심때가 조금 지나서였다. 아침 겸 점심으로 설렁탕 한 그릇을 사 먹고 드라이브하면서 시간을 끌었다. 가게에서 밤새고 들어와 쉬고 있을 세호를 방해하고 싶지 않았기 때문이다. 오피스텔 주차장에 어렵사리 주차하고는 엘리베이터를 탔다. 대철의 연락을 미리 받았던 세호가 반갑게 맞아주었다. 세호는 대철을 창가 쪽 방으로 안내했다. 창문 너머로 공원이 보이고 햇살이 살짝 비쳐 든 방이 괜찮아 보였다. 세호는 대철에게 현관문 비밀번호를 알려주고는 곧 출근했다.
 방 두 개짜리 오피스텔, 대철의 집에 비하면 소꿉장난 같은 공간이다. 하지만 상관없었다. 어차피 밤엔 대철 혼자 지낼 거니까. 밤새도록 텔레비전을 봐도, 코를 아무리 심하게 골아도 누가 뭐라 하겠는가. 아침은 즉석밥이나 빵이면 될 거고, 점심은 여기저기 다니다가 사 먹으면 될 일이다. 저녁은 남해포차에서 해결하면 될 거고, 무엇보다도 남해포차에 가면 술친구 명금을 부담 없이 만날 수 있지 않은가. 대철은 마음이 둥실거리는 걸 느끼며 기지개를 켰다. 윗벽에 부착된 회색 붙박이장 옆에 가방 두 개를 나란히 세워두고 누웠다. 침대는 아니지만, 황토 전기매트와 붉은 체크무늬 면 이불은 따뜻하고 포근했다. 생전 처음으로 집을 나와 남의 집에서 자는 낮잠이 꿀맛이었다. 눈을 떴을 땐 창으로 비치던 햇빛이 사라져 있었다.

저녁 식사를 할 요량으로 남해포차에 갔다. 걸어서 10분 거리밖에 되지 않았다. 되도록 자동차 사용을 줄이고 세호에게 방세를 미리 줘야겠다는 생각을 하면서 걸었다. 세호는 그냥 지내라고 말했지만 세상에 공짜는 없는 법. 그리 넉넉해 보이지 않는 세호에게 월세랑 관리비 반절 정도를 미리 주는 게 도리일 것이다. 이제부터 자신의 통장으로 입금되는 연금은 오롯이 문대철 자신만을 위해서 쓰겠다고 작심한 이상, 그 정도 지출은 문제가 안 될 일이다. 당분간 세호 집에서 지내다가 기회가 오면 거처를 옮길 것을 상상하면서 남해포차에 도착했다.

대철이 들어서자 세호가 요리를 하다 말고 반겼다.

"형님, 방은 마음에 들던가요?"

"오랜만에 푹 자고 나오는 길이야. 그런데 오늘 명금 씨가 오려나. 내가 술 한잔 사고 싶은데."

"해방된 날 기념하시게요?"

"말하자면 그런 셈이지."

"형님, 잘 모르는 여자 너무 가까이하지 마세요."

그때 세호 전화기가 울렸다. 제발 나타나지 말아 달라며 세호는 퉁명스럽게 전화를 끊었다. 세호가 김치 만둣국을 끓여 주었다. 김치와 돼지고기를 다져 만든, 속이 꽉 찬 만둣국 한 그릇을 국물까지 다 마셨다. 속이 아주 든든하면서 뭔지 모를 만족감이 차올랐다. 대철은 트림을 하고는 세호를 한참 바라보았다. 이 무슨 묘한 인연인가. 멀쩡한 집을 두고 아무런 연고도 없던 포차 주인집에 짐 풀고 나오다니, 이거 돈키호테가 된 기분인데. 어차피 시위 떠난 화살이야. 일단 저지른 일이니까 한번 가보는 거다, 생각하고 있는데 명금이 생글거리면서 나타났다. 대철이 일어서며 반겼다.

"어서 오세요, 명금 씨. 그러잖아도 기다렸어요."

"아이 좋아라, 저를 기다리는 사람도 있고. 무슨 좋은 일 있으세요? 오빠!"

"오늘은 내가 살 테니 마음껏 마십시다."

이때 다른 손님들 대여섯이 우르르 들어왔다. 가게가 갑자기 분주하고 시끄러워지자 명금이 가만히 속삭였다.

"오빠, 우리 밖으로 나가요. 여긴 너무 시끄러워서."

명금이 대철의 팔을 잡아끌었다. 대철은 주저 없이 일어섰다. 남해포차에서 나온 두 사람은 종로 거리를 걸었다. 밤바람이 제법 쌀쌀했지만 대철은 추운지 더운지 분간이 안 되었다. 자신의 팔을 붙들고 걷는 명금이 이끄는 대로 어디든 따라갈 수 있을 거 같았다.

"오빠, 우리 맥줏집에 가요."

"그것도 좋죠."

두 사람은 종로 4가 뒷길로 접어들었다. 화려한 네온이 반짝거리는 2층 맥줏집은 핑크빛으로 물들어 있었다. 커플로 보이는 손님들 얼굴이 발그레했다. 명금은 대철의 곁에 바짝 붙어 앉아서 속삭였다.

"이 집 분위기 좋죠? 저 사람들 러브샷 하는 거 좀 봐요."

"여기 자주 오나 봐요?"

"몇 번 와봤어요. 옛날 좋았던 시절에."

명금은 맥주를 마시며 푸념했다. 어릴 적 공주 대접받고 자란 귀한 막내딸이었는데, 결혼 후 바람둥이 남편을 용서할 수 없어서 위자료 넉넉하게 받고 헤어졌다고. 하나뿐인 아들은 외국 유학 중이고, 자기는 같이 술 마시고 여행 다닐 남자 친구만 하나 있으면 좋겠다고. 명금의 이야기를 듣는 내내 대철의 속에서 파도가 출렁거렸다. 취기가 적당히 오르자 명금이 러브샷을 해보고 싶다고 했다. 대철 역시 바라던 터였다. 두 사람은 끈적한 러브샷으로 마음을 나눴다. 헤어질 때 명금은 대철의 손에 입을 맞추었고 대철은 명금의 어깨를 몇 번 토닥거렸다. 명금이 대철의 귀에 대고 속삭였다.

"오빠, 나 이렇게 행복한 기분 정말 오랜만이야."

아쉬운 발걸음으로 오피스텔로 돌아온 대철은 사람의 인연이라는 게 참 알 수 없다는 생각을 했다. '불과 한두 달 만에 이렇게 가까워질 수 있다니, 하긴 처음부터 특별하긴 했지.'

*

경임이 집 나간 남편에게 건 수십 통의 전화는 모두 무응답이었다. 문자폭탄을 퍼부어 댔다. 내가 뭘 그렇게 잘못한 게 있냐고, 적어도 행선지는 알려줘야 할 거 아니냐고, 자식들이 알면 뭐라 하겠느냐고, 오랫동안 아팠다가 이제 겨우 회복된 사람에게 왜 그리 무정하냐고. 사흘째 되던 날, 경임은 문자메시지를 받았다.

심경임 씨,

애들도 다 결혼하고 당신 건강도 되찾았으니 내 의무는 다한 거 같소.

우리 이쯤에서 끝냅시다. 졸 · 혼이란 말이요.

이제 내 인생 찾아서 살 거요. 당신도 훨훨 자유롭게 살아보시오.

이게 내가 주는 선물이요.

경임은 아찔했다. '이 인간이 미쳤나 봐. 어떻게 나한테 이럴 수가 있냐고! 혹시 바람이 난 건가? 아니 바람피울 위인이나 되나?' 경임은 드러누웠다. 집 안 청소도 그만두었다. 심통 난 까마귀가 울어대는 것 같은 소리가 귓속에 울렸다. 또다시 몰아닥친 인생의 돌풍 앞에서 무엇을 어떻게 해야 할지 답을 알 수 없었다. 누구랑 의논해야 할지, 자식들이 알면 어쩌나……. 천하의 순둥이에, 고장 난 적 없는 시계 같은 사람이 왜 변했지? 주변 사람들에게 싫은 소리 한번 못 하고, 손해 보는 일 있어도 누구를 원망할 줄 모르는, 남편이라기보다는 물가에 내놓은 어린애 같은 사람이었다. 대학 1학년 때 경임의 집 하숙생으로 들어와서 졸업 때까지 식구처럼 살았던 청년을 경임의 어머니는 데릴사위로 점찍었다. 경임을 누나처럼 잘 따르는 대철의 착하고 무던한 점이 믿을만했기 때문이다. 대철이 공무원 시험에 합격하고 곧바로 신혼 생활에 접어든 두 사람의 결혼 생활은 기대했던 만큼 꽃길이 아니었다. 처가에 얹혀사는 대철은 하숙생 때와는 달랐다. 살가운 언사로 장인, 장모를 대하면서도 마음은 늘 시골에 계시는 어머니에게 가 있었다. 그런 대철을 지켜보는 경임 역시 마음이 편치 않았다.

결국 시골에 사는 어머니를 경임의 집으로 모셔 왔다. 중학생 시누이 두 명도 같이 왔다. 하숙생들 방이었던 별채는 개축하여 경임의 새로운 시댁이 되었다. 그 후로 긴 세월 이어진 시어머니

병 수발, 막내 시누이까지 대학 보내고 결혼시키기까지 경임은 진이 다 빠졌다. 나중엔 손위 시누이들 자식들이 별채에 들어와서 무료 하숙생이 되었다. 서로 경쟁하듯 자식들을 서울로 학교를 보내는 손위 시누이들은 거리낌 없이 경임의 집을 드나들었다. 가을이면 농사지은 쌀 두어 포대, 김치 한 박스를 하숙비로 때우는 시누이들은 너무도 당당하게 굴었다. 경임은 염치를 모르고 떠들어 대는 그들의 말소리도 거슬리고 그들을 위한 밥상 차리는 것도 넌더리가 났다. 그들이 왔다가 가고 나면 온 집 안을 먼지 한 점 남지 않도록 탈탈 털어내고 싹싹 닦아내면서 스트레스를 풀었다. 그 습관이 지금까지 이어져 집 안 구석구석 청소하고 정돈하지 않으면 불안한 것이다. 질려버린 시댁 피붙이들, 오죽했으면 남편 성씨와 같은 성씨의 사람이라면 연예인도 정치인도 다 싫어했을까.

별채에 살던 조카들이 자립해서 떠나고 시누이들 출입이 좀 뜸해지자 또 다른 불청객이 찾아왔다. 갱년기 증상에 갑상샘암이 겹친 것이다. 걸핏하면 하늘이 노래 보였다. 왜 이렇게도 나를 못살게 구는 것들이 많을까. 경임은 세상 모든 것들이 자신을 괴롭히기 위해 존재하는 것처럼 느껴졌다. 그 와중에 잘 커준 아들이랑 딸이 아니었다면 자신은 아마 썩어가는 낙엽 더미가 되었을 거라고 생각했다. 죽을힘을 다하여 어둡고 긴 터널을 빠져나온 지금, 완치 판정을 받았지만 여전히 불안해서 밤중에 몇 번씩 소스라치게 놀라 깨는 것은 혼자만의 비밀이었다. 누구에게 말해봐야 너무 예민한 사람으로만 취급될 게 뻔했기 때문이다.

경임은 졸혼 통보를 받았다는 사실이 말도 못 하게 자존심 상했다. 그리고 무서웠다. 말할 수 없이 괴로웠던 불면증, 체중 감소, 발작에 가까운 오한, 통제하기 어려운 감정 기복 등이 재발할까 봐 두려웠다. 완치됐다는 말을 듣고 기뻐했던 게 얼마나 된다고 느닷없는 졸혼이라니. 혼란스러웠다. 나 싫다고 나간 사람인데, 고개를 젓다가도 세상 물정 모르는 위인이 집 나가서 잠은 어디서 잘까. 그 순둥이 남자가 사기꾼이라도 만나면 어떡하나 걱정도 되었다. 아무리 취해도 꼬박꼬박 들어오던 사람이 집에 없으니 집 안 분위기는 지나치게 고요했다. 별채의 세입자들 기척이라도 듣고 싶어 귀를 세웠지만 다들 조용했다. 유일하게 곁을 맴도는 진순이가 있다 한들 말도 못 하는 강아지가 나를 위해 뭘 할 수 있단 말인가. 오늘 밤은 또 어떻게 보낼까. 시계를 보았다. 9시 55분, 지금부터 잠자리에 들면 날이 밝기까지 밤이 너무 길다고 생각하고 있는데 전화벨이 울렸다. 딸의 전화다.

"너 입덧 심하다고 하더니."

"좀 괜찮아지고 있어요. 휴직했더니 시간도 있고, 엄마 음식 먹고 싶어서. 그런데 엄마 목소리가 왜 그래요?"

"나 지금 졸려. 내일 다시 통화하자."

경임은 전화를 끊고 고심했다. '딸에게 뭐라고 말해야 하나.'
토요일 오후 딸 내외가 왔다. 사위는 바쁜 일 있다면서 바로 갔다. 다음 날 데리러 오겠다면서 제 아내를 바라보는 사위의 눈빛이 하도 그윽해서 경임은 부러웠다. 우리 부부도 저렇게 다정한 눈길을 주고받은 적이 있었던가. 사위가 가고 난 뒤 경임은 대철의 가출 사실을 딸에게 말했다. 딸은 별로 놀라지도 않고 말했다.
"내 이럴 줄 알았다니까요. 얼마 전 아빠가 나한테 전화해서 그랬어요. 아무도 모르는 곳에 가서 맘대로 살고 싶다고."
그런 말을 왜 이제 하냐고 경임이 묻자 딸이 말했다. 다른 사람 생각하는 법을 잊고 사는 엄마에게 말해봐야 소용없을 거 같아서라고 했다.
"내가 뭘? 그동안 내가 어떻게 살아왔는지 잘 아는 네가 그렇게 말하면 섭섭하지."
"아빠도 퇴직하고 노년기에 접어든 사람이라는 걸 엄마가 인정해 줘야 해요. 엄마가 서러운 것처럼 아빠도 서글플 거라고요."
퇴직하고 상실감이 컸을 아빠를 아무도 알아주지 않으니까 일탈한 거라는 딸의 말이 벌에 쏘인 것처럼 따끔했다.
밤이 되자 딸이 거실에 잠자리를 펴면서 상냥하게 말했다.
"엄마, 아까 먹은 소고기뭇국이랑 김치전 최고였어요. 입덧이 싹 가라앉을 만큼."

"오랜만에 만들어 봤는데 잘 먹어줘서 좋다."

"엄마, 오늘 나랑 같이 자면 잠도 잘 올걸요."

"그러자, 오랜만에 우리 모녀 같이 자보자."

경임 곁에 나란히 누운 딸이 바짝 다가와 경임 어깨에 얼굴을 대며 말했다.

"엄마, 이 집 팔고 우리 집 근처로 오세요. 공기 좋고 주변에 멋진 호수도 있고 가까운 곳에 큰 병원도 있어요. 이 집 너무 오래되었잖아요."

"그게 쉽게 결정할 수 없는 일이야. 우리 부모님이 물려주신 집이고 네 아빠 지분도 있어서."

"그러니까 그걸 핑계로 아빠 돌아오시게 하면 되죠. 만약 두 분이 화해 안 하시면 호주로 전화해서 오빠한테 다녀가라고 할 거예요."

"그건 안 돼. 네 오빠 아직 업무 파악도 다 못 했을 텐데 걱정 끼치면 쓰겠니?"

경임은 딸이 자기 속마음을 꿰뚫어 보고 있는 거 같아 창피하면서도 미더웠다. 다음 날 사위가 왔다. 딸 내외는 마트에 가서 먹거리를 잔뜩 사다가 냉장고에 넣어주었다. 끼니 잘 챙겨 드시고 평정심을 유지하라는 딸 내외의 말이 그 어떤 약보다도 기운을 북돋워 주었다. 차에 오르기 전 딸이 경임의 귀에 대고 말했다.

"곧 아빠 한번 만나볼게요."

딸 내외가 다정하게 차에 오르는 모습을 보는 경임의 마음에 잔잔한 파문이 일었다. 기운을 내야지, 자식들에게 걱정 끼치는 못난 짓은 하지 말아야지. 딸이 떠난 뒤 경임은 현관문 옆에 있는 큰 거울을 보았다. 거울 속에 서 있는 여자가 늦가을 나무처럼 쓸쓸해 보였다.

"요즘 육십 대는 제2의 청춘이라는데, 이게 뭐야?"

거울에 비친 자신의 모습을 한참 들여다보던 경임은 미용실에 갈 채비를 했다.

경임은 미용실 대기석에 앉아 차례를 기다리고 있었다. 미용사는 젊은 여자의 숱 많은 머리카락을 솎아가며 커트하는 중이었다. 경임은 좌식 탁자 위에 있는 지역 신문을 집어 들었다. 맨 뒷장 하단에 실린 '고전 춤 수강생 모집' 광고가 눈에 뜨였다. 언젠가 고전 춤에 푹 빠진 친구에게서 들은 말이 문득 생각났다.

"우리 가락에 맞춰 사뿐사뿐 춤을 추는 동안은 잡념이 다 사라져서 좋아. 게다가 적당한 운동이 돼서 더 좋고."

경임은 갑자기 마음이 동하는 것을 느끼며 고전 춤 강습소 전화번호를 휴대폰에 저장했다. 그리고 미용사에게 물었다.

"머리 커트하고 염색도 할 건데 많이 기다려야 하나요?"

조금만 기다려 달라고 말하는 미용사를 향하여 경임이 엷은 미소를 보냈다. 곧이어 고전 춤 강습소로 전화를 거는 경임의 목소리는 사뭇 유쾌했다.

*

세호네 집에서 지내는 대철의 머릿속이 복잡해졌다. 명금과 가까워질수록 스멀거리는 외로움이 버겁고 괴로웠다. 젊고 사근사근한 그녀와 함께 있으면 온몸의 감각들이 깨어나 전율했다. 하지만 더 이상 가까워지기는 어려운 일. 집을 나오고 아내에게 졸혼이라고 통보는 했지만 그건 혼자만의 생각일 뿐 합의된 게 아니지 않은가. 명금과 가까이 지내는 게 법적으론 명백한 불륜이라는 생각이 불쑥거릴 때마다 힘들었다. 만약 경임이 이 사실을 알면 얼마나 노발대발할지 상상만으로도 끔찍하다. 만만하게 대하던 남편이 없으니 엄청 심심하고 고달플 테지. 통쾌하면서도 씁쓸했다.

문득 고향 생각이 났다. 옛집에선 누가 살고 있는지, 마을은 어떻게 변했는지. 머리도 식힐 겸 한번 다녀올까! 하지만 고향까지는 기차도 안 닿고, 혼자 운전해서 다녀오기엔 너무 먼 거리다. 명금이랑 같이 가고 싶지만 안 될 일이라고 고개를 젓다가 결국은 전화를 걸었다. 명금은 머뭇거리다가 말했다.

"오빠, 멋진 계획인데 거긴 너무 멀어요. 그 대신 콘서트에 같이 가는 건 어때요?"

"무슨 콘서트?"

"가수 ○○ 좋아하시죠? 공개방송 때 방청객으로 같이 가는 거요."

"좋겠지만 난 방법을 몰라서."

"걱정 마세요. 제가 다 알아서 할 테니까."

대철의 마음에 반짝 햇빛이 들었다. 이 무슨 행운인가 싶어 입이 다물어지지 않는다. 저녁 식사도 해결할 겸 남해포차에 갔다. 꽉 찬 손님들 때문에 세호는 몹시 바빴다. 대철은 세호를 도와 음식을 날랐다. 처음 해보는 일이지만 힘들기보다는 뿌듯했다. 자정이 다 될 무렵 손님이 뜸해진 틈을 타서 대철이 말했다. 명금 씨 덕에 곧 방송국 구경 갈 거 같다고. 세호가 흠칫 놀랐다. 대철은 의아해하며 말을 이었다.

"왜 안 믿어지나?"

세호가 휴우! 한숨을 쉬고는 말했다.

"형님, 제가 정말 친형님처럼 믿기 때문에 드리는 말씀인데요. 그 여자 가까이하지 마십시오. 그 여자가 하는 말은 모두 거짓입니다. 형님에게도 오빠라고 부르면서 주위를 맴돌다가 나중엔 같이 살자고 할 거예요. 그게 안 통하면 교묘하게 속여서 목돈을 뜯어낼 거고요. 그렇게 더럽게 사는 여자예요, 그 여자."

"뭔 소리야, 돈 많은 이혼녀라던데."

"이혼녀 맞아요. 그리고 아들 하나 있다는 것도 맞고요. 하지만 그거 말고는 다 거짓이라니까요. 그 여자 전남편 지독한 가난뱅이예요."

세호는 명금이 괜찮아 보이는 남자 유혹해서 사기를 치는 상습범이라며 심하게 비난했다. 대철은 넋이 나간 듯 한참 동안 앉아 있다가 일어섰다. '이제 이곳엔 못 오겠구나. 세호 저 사람이 나를 얼마나 우습게 볼까!' 맥이 탁 풀린 표정으로 포차를 나가는 대철을 본 세호는 깊은숨을 내쉬고는 명금에게 문자를 보냈다.

오명금,
내 가게에 한 번만 더 오면 영업방해로 고발할 거다.
더 이상은 못 참겠다.
우리가 한때 부부였다는 게 내 평생의 수치다.

조금 후, 세호 휴대폰에도 문자가 왔다.

고발 좋아하시네.
남은 위자료랑 우리 아들 교육비 어서 내놓으셔.
그러면 오라고 해도 안 간다.
이 웬수야.

남해포차에서 나온 대철은 생각했다. 명금이 정말 그런 싸구려 여자일까? 혹시 세호가 시기하는 건 아닐까. 명금을 직접 만나서 확인해 볼까. 그럴 필요 없이 아예 럭키오피스텔을 떠나야 할까. 그렇다면 어디로 가야 하는가? ……. 그때 전화벨이 울렸다. 대철은 호주머니 속에 있는 전화기를 만지작거렸다. 한참을 울리던 전화벨이 끊어졌다. 명금의 전화인 것을 확인한 대철은 전화를 받지 않은 게 잘한 일인지 아닌지 분간되지 않았다. 세호의 말이 맞다면 잘한 일 같은데. 휑한 소슬바람이 대철의 가슴을 훑었다. 눈물 나게 서글펐다.

　대철은 다시 생각했다. 세호 그 사람은 믿을만한가. 그렇다면 세호와 명금, 두 사람 사이는 뭐지? 이런저런 의구심이 들면서도 명금이 밉지는 않았다. 그녀와 만난 이후로 별로 손해 본 것도 없지 않은가. 대철은 날이 밝으면 다른 거처를 알아봐야겠다고 생각하면서 차가운 밤길을 걸었다. 럭키오피스텔이 몹시 멀게 느껴졌다.

다시 봄

나는 가끔 검둥이 단오를 데리고 집 근처 호수공원을 한 바퀴씩 돈다. 동물 냄새를 싫어하고 털 알레르기도 있는 내가 다 자란 단오와 함께 살고 있는 건 특별한 인연일 것이다. 2년 전 단옷날, 호숫가를 산책하다가 풀숲에서 신음하고 있는 강아지를 만났다. 왼쪽 뒷다리를 다친 어린 검둥이. 그대로 둔다면 금방 죽을 것처럼 보여서 차마 그냥 두고 올 수 없었다. 집으로 데려왔다. 한 번도 개를 키워본 적 없지만 인터넷을 검색해 가며 개 키우는 법을 습득했다. 정성껏 먹이를 만들어 주고 동물병원에도 드나들며 보살폈다. 그러다가 그만 뗄 수 없는 정이 들어버린 것이다.

세상에 나 홀로 남은 것 같은 외로움에 시달리다가, 나보다 더 불쌍한 단오를 가족으로 삼고 거두어 주는 일은 내가 살아갈 이유가 되었다. 오직 나만 바라보는 단오와 함께 산책하면서, 위험에 처해 있는 강아지나 새끼 고양이를 발견하면 그 아이들에게 먹이를 가져다주는 일 또한 제법 보람 있는 일이었다. 그렇게 구해준 애들이 여러 마리 되지만 나는 웬만해선 그 아이들을 집으로 데려오진 않는다. 지금도 고양이 서너 마리가 무료 하숙생 마냥 우리 집을 드나들고 있긴 하다. 하지만 그 아이들에겐 먹이 주는 것 외에는 일절 간섭하지 않는다. 오직 단오만이 내 가족이자 친구인 것이다.

그날도 단오와 함께 호숫가를 돌고 있었다. 그런데 갑자기 단오가 걸음을 멈추고 두어 번 짖었다. 단오가 걸음을 멈추고 짖으면 뭔가 있다는 신호였다. 내가 긴 막대기로 근처 풀숲을 헤쳐보았지만 별다른 건 없었다. "단오, 아무것도 없는데 왜 그래?" 달래고 있는데 저만치에서 키 큰 남자가 흰색 개 한 마리를 앞세우고 걸어오고 있었다. 엉덩이 사이에 꼬리를 감추는 단오의 눈빛이 '엄마, 무서워요.' 말하고 있는 것처럼 보였다. 얼어붙은 듯 꼼짝도 안 하는 단오 목줄을 바짝 잡아당겨 길 한쪽으로 비켜선 내 앞으로 그 남자와 흰색 개가 다가오고 있었다. 그런데 이게 웬일인가. 그 개가 갑자기 단오한테 달려들었다. 단오가 자지러지는 소리를 냈다. 놀란 내가 "어머 왜 그래!" 소리치면서 들고 있던 막대기를 휘둘렀다. 그 개는 더 사납게 날뛰고 나는 사정없이 막대기를 휘둘렀다. 그때였다. 갑자기 "어구구" 소리를 내며 그 남자가 주저앉았다. 개줄을 놓아버리고 두 손으로 다리를 부여잡은 남자는 "백두야 멈춰!" 소리치고, 나도 놀라 땅바닥에 주저앉았다. 내가 메고 있던 에코백도 바닥에 떨어졌다. 그 개는 달려들기를 멈추고 내 에코백에 있던 간식을 입으로 꺼내 먹기 시작했다. 찐 고구마 세 개와 닭죽 한 팩이 금세 사라졌다. 너무 놀라 어이없어하는 나에게 그 남자가 따졌다.

"아니, 웬 막대기를 들고 다니면서 남의 개를 때리고 사람도 때리십니까?"

나는 당황스러웠지만, 두려움에 떠는 단오를 보자 화가 나서 대들었다.

"아저씨는 왜 깡패 같은 개를 데리고 남의 구역을 돌아다니세요?"

"이 둘레길이 아주머니 땅입니까?"

"그런 건 아니지만 아저씨는 이 동네 분이 아니시잖아요?"

"나도 이 근처 사람이오. 호수 너머에 볼일 있어 이 길로 들어섰더니만 재수가 좀 없소 그려."

"누가 할 소리."

내가 일어나서 가려고 하자 그 남자가 주머니에서 명함을 꺼내 주며 말했다.

"혹시 치료가 필요하면 병원에 가보시고 연락 주세요."

명함을 받아 든 나는 겁에 질린 단오와 함께 서둘러 그 자리를 벗어났다. 집에 돌아와 단오를 달래주고 나도 욕실로 들어갔다. 혹시 그 개에게 물린 자국이 없나? 거울에 몸을 비춰보면서 내 몸을 자세히 살폈다. 개 이빨 자국이 없어 다행이었다. 하지만 거울에 비친 내 모습에 또 실망했다. 염색약 아니면 봐주기 어려운 흰머리, 얼굴과 목에 생긴 잔주름, 탄력을 잃고 처진 앞가슴, 누르면 물렁한 느낌의 팔다리가 환갑 지난 나이를 증명해 주고 있었다. 옛날엔 예쁘다는 소리도 가끔 들었던 내가 왜 이렇게 처량한 처지가 되었을까. 앞으로 누굴 의지하고 살아야 하나. 단오는 기껏해야 몇 년 지나면 떠나갈 테고, 그때쯤이면 나는 더 늙어버릴 텐데…….

찝찝한 기분으로 그 남자가 준 명함을 보았다. 한용규라는 이름과 전화번호만 있는 것을 본 순간 아니, 이럴 수가! 내 눈을 의심했다. 절대로 잊히지 않는 이름 한용구, 그 무정한 얼굴이 생각났기 때문이다. 18년 동안이나 내 남편 행세를 했던 남자, 나랑 헤어진 걸 가슴 치며 후회하기를 바라면서도, 내 인생에서 깨끗이 지워버리고 싶은 인간. 하필 그 인간과 비슷한 이름을 가진 남자를 우연히 만나다니. 그것도 개싸움 일로, 정말 기가 막힐 일이었다.

일주일 후, 나는 여전히 에코백을 메고 막대기를 든 차림으로 호숫가를 돌았다. 단오는 따라나서려고 하지 않았다. 공원 입구에 다다르자 벤치에 앉아서 개를 쓰다듬고 있던 한용규 씨가 일어섰다. 베레모 밑으로 길게 드러나 있는 그의 반백 머리 스타일이 특이했다. 남자의 희끗희끗한 머리를 보자, 또 한용구 생각이 났다. 젊을 때부터 유난히 많은 새치 때문에 염색을 자주 해야 했던 그는, 걸핏하면 "여보야, 나 젊게 만들어 줘." 하면서 어리광을 곧잘 부렸다. 동갑인 나를 마치 누나 대하듯 하는 한용구의 넉살을 내가 은근히 좋아했던 때도 있었다.

한용구보다는 서너 살 위로 보이는 한용규 씨는 큰 체격에 후덕해 보이면서도 멋쟁이로 보였다. 염색도 안 한 것 같은 반백의 긴 머리가 어깨까지 내려와 있는 게 어색해 보이지 않았다.

그 남자가 먼저 인사를 건넸다.

"아주머니, 안녕하십니까?"

멈칫거리는 나에게 그가 다시 말을 건넸다.

"혹시 우리 백두에게 물린 자국은 없던가요? 그날 백두가 실수를 했던 것 같습니다. 아주머니가 들고 있는 막대기가 무서웠는지, 식탐 많은 녀석이 음식 냄새를 맡고 흥분했는지 잘 모르겠지만 아무튼 미안합니다."

중저음 목소리가 사뭇 친절했다. 나는 경계심을 풀고 물어보았다.

"다리는 괜찮으세요?"

"파스 붙이고 진통제 먹었더니 참을만했습니다."

내가 휘두른 막대기에 날벼락처럼 다리를 맞은 남자에게 미안했다. 나는 막대기를 들고 다니는 이유를 설명했다. 내 말을 다 들은 한용규 씨가 빙긋 웃었다.

"죽어가는 강아지나 새끼 고양이를 찾아 돌보는 건 참 대단한 일이죠. 훌륭하십니다."

"뭐 대단할 것까지는 아니고요."

나는 고까웠던 마음을 풀고 그 자리를 떴다. 집으로 돌아오는 내내, 기분이 괜찮으면서도 씁쓸했다. 모르는 남자가 하는 칭찬에 들떠서는 안 될 일이기 때문이다. 한용구 그 인간도 나를 처음 만났을 땐 얼마나 친절했던가.

내 나이 서른일곱 살 때였다. 불임 판정을 받은 일 말고는 별다른 걱정 없이 살던 결혼 생활이 갑자기 끝나버렸다. 아침에 출근하려던 남편이 가슴을 부여잡더니 쓰러졌다. 서둘러 병원에 갔지만 너무 늦었다. 순식간에 남편을 잃은 나에게 몰아닥친 슬픔과 상실감은 엄청났다. 운명을 원망하면서 눈물 속에서 지내다 보니 몸도 마음도 많이 지쳐 있었다. 게다가 생활비도 벌어야 했다. 이렇다 할만한 이력도, 기술도 없는 처지에 괜찮은 일자리를 얻기란 쉽지 않았다. 가장 손쉬운 일이 식당에서 설거지를 하거나 홀에 나가 서빙을 하는 일이었다.

한용구는 내가 서울식당에서 일할 때 알게 된 손님이었다. 가끔 친구들과 어울려 오던 그는 나에게 유난히 친절하게 굴었다. 인상이 좋다느니, 서빙을 아주 재치 있게 잘해준다느니……. 그런 말들이 뻔한 인사치레라는 걸 알면서도 은근히 끌렸던 건 외로움이라는 감옥에서 벗어나고 싶어서였을 것이다. 어느 날 한용구 혼자 와서 4인분 고기를 주문했다. 내가 물었다.

"다른 분들은 언제 오시나요?"

"아, 오늘은 혼자입니다. 마음 헛헛할 땐 혼자 고기를 실컷 먹는 게 약이 되기도 하죠."

그는 주문한 고기를 얼마 못 먹고 일어섰다. 나는 절반도 넘게 남은 생삼겹살을 곧바로 포장했다. 계산을 마치고 출입문을 여는 그를 내가 불러 세웠다.

"손님, 이거 가지고 가세요."

"뭡니까?"

"남기신 고기예요. 아깝잖아요."

포장한 고기를 건네받는 한용구를 바라보는 내 마음이 아련해지는 게 이상했다. 바로 그것이 문제가 될 줄이야. 그게 내 관심을 끌기 위해 벌인 한용구의 수단이었다는 걸 나중에 알았다. 그날을 계기로 그는 나에게 적극적으로 다가왔다. 자기는 상처한 홀아비에, 엄마 잃은 어린 자식이 둘 있다며 아이들 엄마가 절실하게 필요하다고 했다. 나를 향한 그의 눈빛이 너무도 간절해 보였고, 나 역시 혼자 버티기엔 너무 힘들었던 현실인지라 섣부른 판단을 해버렸다.

이미 불임 판정을 받은 내 처지이다. 설령 재혼을 한다고 해도

"엄마" 소리를 들어보는 건 어려울 것이다. 못 이기는 척 한용구의 아이들 엄마가 돼보는 것도 해볼 만한 일 아닐까 생각했다. 내 나이 마흔두 살 때였다.

결혼식은 생략한 채, 한용구와 같이 살았다. 당시 초등학생 저학년 아이 둘을 대학 졸업 때까지 온갖 뒷바라지를 다 해주었다. 국밥집을 운영하면서 숱한 고생을 했지만, 괜찮은 현모양처로 살아보고 싶었다. 내가 그의 자식들에게 쏟은 정성은 그 어느 엄마 못지않았다고 지금도 장담할 수 있는데, 그리 쉽게 나에게서 등 돌릴 줄이야.

대학생이 된 두 아이 모두 독립하겠다며 따로 살기 시작했다. 아들은 타 지역에 있는 대학교에 입학한 후로는 집에 잘 오지 않았고, 딸은 대학 졸업 후 얼마 안 있다가 결혼하겠다고 했다. 이제 사위까지 생기는구나 싶어서 뿌듯했지만 딸은 제 남자 친구를 나한테 소개해 주지 않았다. 그때 알았다. 아이들 생모가 진즉부터 주변에서 맴돌고 있다는 것을. 딸은 결혼식에 관한 상의를 생모하고만 의논했다. 결혼식 비용 일체를 생모가 대주기로 했다며, 혼주석은 생모가 앉는 자리라고 했다. 딸의 결혼식장에 갈 수 없는 내 처지가 말도 못 하게 서글펐다. 그동안 아낌없이 뒷바라지해 준 나를 이토록 철저하게 외면하다니. 그래도 할 말이 없었다. 핏줄이 서로 끌린다는데 무슨 수로 말리겠는가.

딸의 결혼을 핑계로 외출이 잦은 한용구가 의심스러웠다. 전처를 만난다는 것을 알고는 참을 수 없어 크게 싸웠다. 한용구는 기다렸다는 듯 집을 나가버리고 설상가상으로 코로나 상황이 덮쳐 식당을 그만두어야 했다. 모든 걸 정리하는 데 코로나는 적당한 핑곗거리가 되어주었다.

  식당을 폐업하기 일주일 전쯤 한용구의 전처가 찾아왔다. 자기 자식들 키워준 대가라며 5천만 원을 건넸다. 옷 가게를 크게 하다가 곗돈을 몽땅 쓸어 들고 도망갔다는 여자. 그것 때문에 이혼까지 했다면서 무슨 재주로 다시 부자가 되었을까 궁금했는데, 붉은색으로 반짝거리는 긴 손톱, 나이를 짐작할 수 없을 만큼 빵빵하게 보톡스 맞은 얼굴이 얼마나 도도하게 보이던지. 그 정도의 뻔뻔함이라면 무슨 짓이라도 할만한 여자로 보였다. 너무도 당당하게 나를 대하는 태도가 얄미웠지만 싸울 용기가 나지 않았다. 싸워봤자 누구 하나 편들어 줄 사람이 없는 내가 질 게 뻔한 일이 아닌가. 그녀는 남의 둥지에 몰래 알을 낳아 제 새끼를 키우게 한 뻐꾸기 같은 여자, 그런 여자에게 당한 나는 고약한 심보 뻐꾸기 새끼를 제 새끼로 알고 키워준 붉은머리오목눈이였다. 바보! 나는 무려 18년 동안이나 바보짓을 한 것이다. 야비하기 짝이 없는 그 여자나 한용구, 그들의 자식들까지 더는 보고 싶지 않아서 순순히 서류 정리를 해줘 버렸다.

  고향으로 내려왔다. 고등학교 졸업 후 떠났다가 산전수전 다 겪고 결국은 빈 몸으로 되돌아온 것이다. 친정엄마는 몇 해 전에 돌아가시고 하나뿐인 언니는 요양병원 환자가 되어 있었다. 연로하신 아버지를 돌봐드려야 할 사람은 나밖에 없다는 것을 핑계 삼아 지내면서 외부와 거의 단절하고 살았다. 하지만 아버지는 내가 온 지 1년 만에 돌아가셨고, 마음 기댈 곳 없어 허허롭기 짝이 없을 때 단오를 만난 것이다. 나보다 더 불쌍한 단오를 어미의 심정으로 돌보면서 알게 되었다. 내가 단오를 돌보는 게 아니라 단오가 나를 도와주고 있다는 것을. 단오와 함께 산책하다가 만나게 되는 불쌍한 강아지나 새끼 고양이를 잠깐씩이나마 돌봐주는 일마저 없다면 내 삶은 쓸쓸함 그 자체일 것이다.

한용규 씨한테서 들은 말이 계속 귓전을 맴돌았다. "참 대단한 일 하시는 분이신가 봅니다. 훌륭하십니다." 내가 대단한 일을 하는 사람이라니, 공치사인 줄 알지만 오랜만에 들어보는 칭찬이었다. 말 상대 없이 지내는 한적한 생활이라는 게 보통 문제가 아니었다. 외딴집에서 지내는 것도 무섭고, 밤마다 도둑처럼 달려드는 외로움을 견뎌내는 게 정말 힘들었다. 오죽하면 그 무정한 인간 한용구의 연락을 기다리는 날도 여러 번 있었다. '만약 그 인간이 연락해 오면 미친척하고 다시 만날까. 아니면 실컷 욕해주고 나서 매정하게 뿌리칠까.' 가당찮은 상상까지 해보는 내 속마음을 누가 안다면 정신 나갔다고 할 것이다.

다시 한용규 씨를 만난 건 며칠 뒤 면 소재지 파머스 마켓에서였다. 반갑게 인사하는 그에게 나도 인사를 건넸다. 그의 쇼핑 바구니에 담긴 포장 김치, 돼지고기, 콩나물 봉지 등 찬거리들이 눈길을 끌었다. 김치만 뺀다면 내 장바구니에 담긴 것들과 거의 같아 피식 웃음이 났다. '혼자 사는 사람인가?' 나는 한용규 씨에 대해 더 궁금해진 마음을 참지 못하고, 이웃 마을 친구 금숙에게 전화를 걸었다.

"금숙아, 혹시 너희 동네에 새로 이사 온 사람 있어?"

"야, 나는 요새 바빠서 누가 이사를 왔는지 갔는지 몰라. 날마다 김장 준비하느라 눈코 뜰 새가 없다야."

"이제 초가을인데 벌써 김장 준비를 해? 아직 멀었잖아?"

"배추를 2,500포기도 넘게 심었는데 그거 제대로 하려면 미리 할 일이 많아. 요새는 고춧가루 준비 땜에 정신없이 바빠. 이정아, 올해도 우리 김장 때 도와줘야 해."

"알았어. 그 대신 내 김치도 책임져 줘."

"그래, 알았다. 아는 사람들한테 내 김치 소문도 많이 내주고."

전화를 끊고 생각해 보았다. 한용규 씨 그 사람이 어느 마을로 이사 왔다는 걸까. 금숙이네 마을은 아닌 모양인데, 나도 모르게 자꾸 마음이 쓰였다.

다음 날 아침 일찍 금숙의 전화를 받았다.

"이정아, 우리 남편한테 물어봤더니 동네 뒤끝에 있는, 전에

박 선생님네가 살던 빈집 있는데 어떤 아저씨가 거기 와서 산다더라, 개 한 마리 데리고."

"아, 그렇구나! 알았어."

"야, 그런데 이상하네. 한동네 사람도 아닌 이정이 네가 어떻게 그 사람을 아는 거야?"

"그럴 일이 좀 있었어. 자세한 이야기는 나중에."

나는 금숙에게 구구절절한 속내를 다 보일 수가 없었다. 같은 마을 초등학교 동창이랑 결혼해서 알뜰하게 사는 금숙은 지금 부족할 것 없이 살고 있는데. 너무도 초라해진 내 처지를 그대로 드러내는 건 얼마나 자존심 상하는 일인가.

한용규 씨와 가끔 마주쳤다. 주로 호숫가 주변에서였는데 그는 항상 흰색 개를 데리고 호수 건너편 어딘가를 다니는 모양이었다. 호수 건너편으론 계속 산인데 어디를 다니는지 궁금했다. 그는 마주칠 때마다 "안녕하십니까?" 가볍게 인사를 건넸고 나도 고개 숙여 답례를 했다. 나는 인사라도 나눌 수 있는 사람이 생긴 것이 싫지 않았다. 아니, 싫지 않은 정도가 아니라 '좋았다.'라는 표현이 더 정확할 것이다.

내게 비밀이 하나 생겼다. 호수공원 둘레길 걷는 횟수를 늘린 이유이다. 개를 데리고 걷는 그를 멀찍이서 바라보는 것만으로도 내 하루는 훨씬 활기가 돌았다. 가끔은 그와 마주칠 시간에 맞춰 나가기도 하는 내 속마음이 참 간사하다는 생각도 들었다. 그가 어떤 사람인지도 모르는데, 나는 흔들리고 있었다.

어느 날 나 혼자 호숫가를 돌고 공원 입구에 다다르자 그 남자의 개가 몇 번 짖었다. 휴대폰으로 호수 풍경을 사진 찍던 그가 나를 쳐다보면서 휴대폰을 덮었다. 그 개는 나에게 달려들지 않고 오히려 꼬리를 흔들었다.

"안녕하세요? 얘 이름을 백두라고 부르시던데요."

"아, 제가 백두산을 좋아해서 지어준 이름입니다. 한라도 있었는데 그 녀석은 이쪽으로 이사 오기 전에 잘못되었죠. 참, 아주머니 개는 괜찮습니까?"

"참 빨리도 물어보시네요. 우리 단오 그날 많이 놀랐지만 지금은 괜찮아요."

"다행입니다. 그런데 개 이름이 단오라고요?"

"네, 단옷날 만났거든요. 그 녀석 처음 만났을 때 다 죽어가는 쪼끄만 강아지였는데, 다리도 절름거리고. 너무 불쌍해서 집에 데리고 가서 돌보다가 정이 들었어요. 이제 완전히 식구가 되었고요."

"인정이 많으신 분이신가 봅니다. 어떤 이들은 예쁠 때 실컷 데리고 놀다가 병들거나 싫어지면 버리기도 한다는데."

"그러게 말이에요. 그런데 저는 다 큰 개나 고양이들은 유기된 애들이라 해도 못 돌보겠더라고요. 제 능력이 안 되어서요. 그래도 단오는 끝까지 데리고 있으려고요. 우리 단오는 저 아니면 안 되거든요."

"그럼 단오 가끔 데리고 나와서 우리 백두랑 친구 하게 해주면 안 될까요?"

"다리 불편한 우리 단오를 백두가 또 괴롭히면요?"

"그건 걱정 마십시오. 제가 훈련시키면 되니까."

"백두는 진돗개인가요?"

"순종은 아니지만 아주 똑똑하답니다."

"하지만 우리 단오가 무서워할 것 같은데요. 친구가 생기면 좋기는 하겠지만."

"사람이나 동물이나 친구가 필요하지요. 혼자서 살아가는 건 너무 힘든 세상 아닙니까? 사람이 아무리 잘해준다 해도 얘들도 끼리끼리 친구가 필요하겠죠."

그렇게 해서 나는 한용규 씨와 화요일 데이트를 약속했다. 그 뒤로 화요일이 되면 나는 아침부터 마음이 바빴다. 단오를 목욕시키고 친구 만나러 간다고 일러두면서 나도 단장을 했다. 안 하던 엷은 화장도 하고, 칙칙한 운동복 대신 화사한 색깔 블라우스에 청바지를 입었다. 개들에게 줄 간식과 커피까지 준비해 들고 집을 나서는 마음은 소풍 가는 아이들과 다를 것이 없었다.

백두를 본 단오가 너무 겁을 먹는 바람에 처음엔 쉽지 않았다. 하지만 백두는 의젓했다. 한용규 씨가 어떻게 훈련시켰는지 단오를 보면 반갑게 꼬리를 흔들면서 곁으로 다가왔다. 나중엔 둘이 통했는지 단오와 백두가 친해졌다. 어느 날 넷이서 호숫가를 산책할 때였다. 불편하게 걷는 단오의 걸음 속도를 맞춰주는 백두랑, 행복해 보이는 단오의 모습이 얼마나 보기 좋던지 내 속에서 울컥한 것이 차올랐다. 그것이 바로 자식이 행복해하는 모습을 보는 부모의 심정일 것이다.

여러 번 만날수록 한용규 씨에 대한 궁금증이 커졌다. 도시 분위기 물씬 풍기는 나이 든 남자 혼자 왜 이런 시골로 왔는지. 그리고 호수 건너에 뭐가 있어서 자주 가는지, 하지만 차마 물어볼 수가 없었다. 입장을 바꿔서 누가 나에게 왜 시골로 돌아왔느냐고 물어본다면, 같이 살던 남자가 전처한테 가버려서 왔다고 말할 수 없는 것처럼 한용규 씨도 말 못 할 무슨 사연이 있겠지 싶었다.

말 상대가 너무도 그리웠던 차에 한용규 씨에게 속내를 조금씩 털어놓게 되자 용기가 생겼다. 세상에서 의지할 데라고는 단오뿐이라고 하자, "이해가 갑니다. 하지만 과거 때문에 너무 괴로워하지 마십시오. 사람이 살아가면서 만나는 모든 인연은 다 제 나름의 이유가 있을 겁니다."라는 그의 진지한 위로가 마음의 상처에 바르는 약처럼 느껴졌다.

혹시 무슨 일이 생긴 걸까? 한용규 씨가 며칠째 보이지 않았다. 몹시 불안했다. 백두와 함께 걷는 그를 멀리서라도 보고 있으면 마음 든든했는데. 여러 날 못 보게 되자 마음 가득 안개가 깔렸다. 하지만 명분도 없이 전화를 걸 수는 없는 일이었다. '분명 무슨 사연이 있을 거야, 혹시 한용구처럼 숨기고 있는 비밀이 있지 않을까.' 의구심이 들자 괴로웠다. 몇 번이고 다짐했다. 한용구한테 당한 것만으로도 억울하기 짝이 없는데, 환갑을 넘긴 나이에 또다시 남자한테 정신 팔렸다가 무슨 꼴을 보려고……. 안 될 일이었다.

한용구와 함께한 내 두 번째 결혼 생활, 혼인신고를 미루는 그의 태도가 이상해서 따져보다가 그가 사별한 게 아니라 이혼남이라는 걸 알았다. 하지만 한용구가 그 여자와 재회할 일은 없을 거라고 믿었다. 아이들이 있다고 해도 이미 타인인 그 여자보다는 법적 배우자인 내가 우위라고 믿었으니까. 그동안 나를 대하던 한용구의 마음 씀씀이 또한 "당신 같은 천사는 어디에도 없을 거야."라는 칭찬이 진심처럼 보이기도 했다. 우리 엄마가 살아 계실 땐 살가운 사위 역할도 곧잘 해주었는데, 그 모든 게 나를 이용해서 제 자식들 잘 키우려고 벌인 연극이었다니. '남자란 존재는 다 거기서 거기겠지, 한용구나 한용규 씨나 뭐가 다를까. 다 이기적이고 무정하기 짝이 없는 인간들이지. 정이정, 정신 차려. 또다시 남자에게 마음 뺏겨서는 안 돼!'

마음으론 열 번 스무 번 다짐을 하지만 내 눈은 나도 모르게 호숫가를 살피고 있었다. '도대체 무슨 일일까. 전화라도 한번 하시지. 참, 내 연락처를 알려주지 않았구나.' 하루하루가 너무 길고 허허로웠다. 혹시 그가 아프지 않았나 하는 생각이 들자 더욱 불안했다. 2년 전 아버지를 떠나보내고 나서 많이 아팠던 때가 생각났다. 문병이 허용되지 않았던 시절이라고는 해도 보호자 없이 혼자 지내는 병원 생활이 너무 서글펐다. 나중에 금숙이가 두 번 집으로 찾아와 준 것 말고는 누구 한 사람 내 안부를 염려해 주는 사람이 없었다. 온 세상이 뿌연 안개처럼 보이던 그 적막감이 얼마나 무섭고 싫었던가. 나는 텔레비전 받침대 서랍에 두었던 그의 명함을 꺼냈다. 그리고 용기를 내어 전화를 걸었다.

"여보세요."

한용규 씨의 묵직한 음성을 듣자 나도 모르게 '휴우' 한숨이 나왔다.

"저 단오 엄마 정이정인데요. 요즘 안 보이시기에 어디 편찮으신지 염려돼서요. 별일 없으신 거죠?"

"아, 네!"

"할아버지, 누구야?"

"웬 아이 목소리가 들리네요?"

"아, 며느리가 둘째를 가졌는데 갑자기 조산을 하게 되어 대신 큰손주를 돌보러 왔습니다. 며칠 있다가 갈 겁니다. 고맙습니다."

통화를 마친 내 마음이 더 복잡해졌다. 별일 없다는 그의 목소

리를 들었을 때 온몸에 퍼지는 안도감이 야릇했다. '아, 나 왜 이러는 거야…….'

3주 만에 한용규 씨가 나타났다. 전보다 좀 더 멋있어 보이는 건 내 착각일까. 오랜만에 만난 단오와 백두도 무척 반가운 모양이다. 넷이서 같이 호수 한 바퀴를 돌았다. 한용규 씨가 모처럼 본인의 이야기를 해주었다. 호수 건너 선산에 자주 갈 일 있어서 임시로 이사 온 거라고. 나는 '웬 선산? 요즘 같은 세상에!' 궁금했지만 그 이유를 묻지는 않았다.

헤어질 때 그가 가방에서 뭔가를 꺼내 주면서 집에 가서 펴보라고 했다. 그것을 받아 들고 오는 내 마음이 어찌나 콩닥거렸는지……. 세상에! 단오랑 백두가 나란히 있는 모습을 그린 그림이었다. 순한 눈매를 가진 단오 얼굴이 너무도 똑같고 웃는 표정이 정말 사랑스러웠다. 나는 들뜨는 기분을 참을 수 없어 한용규 씨의 전화번호를 눌렀다.

"아, 여보세요."

"저~! 그림 정말 고맙습니다. 우리 단오를 너무도 멋지게 그려줘서요."

"아, 그저 제가 보고 느낀 대로 그린 겁니다."

그림에 대한 답례를 핑계로 식사 대접을 한번 하고 싶은 마음이 굴뚝같았지만 잠재웠다. 마을에 쓸데없는 소문이라도 퍼지면 곤란해지니까.

진눈깨비 같은 첫눈이 내리고 난 다음 날, 금숙이네 김장이 시작되었다. 20여 년간 김장 사업을 해온 금숙이는 올해 예약 주문이 300여 가구나 된다며 싱글벙글했다. 배추 농사는 물론 김장에 필요한 고추, 깨, 마늘, 파 등 각종 양념 재료들까지 직접 농사지은 것들로 담근 고금숙 김치는 해마다 많은 수요가 있어서 꽤 짭짤한 수익을 올리는 모양이다. 나는 이틀간 금숙이네 김장하는 사람들 식사를 책임졌다. 내가 끓인 육개장을 다들 맛있게 먹는 모습에 뿌듯하면서도 씁쓸했다. 식당을 하면서 갈고 닦은 요리 솜씨, 그 또한 한용구와 관련된 것이기 때문이다. '한정국밥집'이라는 간판을 걸고 식당을 운영한 것은 한용구와 정이정의 첫 글자를 따서 만든 상호였다. 그리고 그곳에 온 힘을 다 쏟아부으며 바보처럼 살았던 것이다.

온 마을 아낙들과 외국인 여성 노동자들 다섯 명까지 어우러져 엄청나게 많은 김치를 버무려 담고 포장해서 택배로 부치고 북새통을 치른 김장일이 끝나자 금숙이 말했다.

"이정아, 김치를 어떻게 가져갈래? 무거워서 다 들고 가긴 힘들 텐데."

"일단 너희 저온창고에 보관해 주고, 오늘은 우선 먹을 거 서너 포기만 줘."

금숙이 김치를 싸 주며 지금 가면 버스를 탈 수 있겠다며 재촉했다.
하지만 나는 금숙이네 집을 나오면서 생각했다. 버스를 놓치더라도 같은 마을에 사는 한용규 씨에게 김치를 주고 싶었다. 곧 그에게 전화를 걸었다.
"정이정입니다. 오늘 친구네 김장일 도우러 이 마을에 왔거든요. 김장 김치 좀 드리고 싶은데요. 어디로 가면 될까요?"
"아, 네! 제가 정 여사님 계신 곳으로 갈까요?"
"그럼 마을 입구 쪽으로 오세요."
한용규 씨의 선선한 반응이 기뻤다. 거절하면 어쩌나 불안했던 마음이 싹 가시면서 제법 무거운 김치통을 들고 마을 입구를 향하여 가고 있는데 빠앙! 클랙슨 소리가 울렸다. 길을 비켜서는 내 앞으로 한용규 씨가 차 문을 열고 나왔다. 나는 김치통을 건네주면서 말했다.
"막 버무린 김장 김치 맛보시기 쉽지 않으실 거 같아서요. 지난번에 그림도 그려주셨는데 그 답례예요."
김치통을 받아 든 그가 차에 타면서 말했다.
"타세요. 어두워졌는데, 모셔다드릴게요."
망설일 것 없이 그의 옆 좌석에 앉았다. 직진이요, 왼쪽이요, 오른쪽이요……. 내가 하는 안내에 그는 길을 알고 있다고 했다. 그리고 잠깐 자기 이야기를 들어보라며 날씨가 추워져서 선산에 다니는 게 힘들어졌다고, 겨울에는 S시에 있는 집에서 지내야 할 것 같다고 했다.

"선산에 무슨 공사 하세요?"

"그건 아니고, 집사람이 거기 있어서요."

"어머! 그럼 매일 부인 산소에 다니신 거예요?"

"너무 미안해서요. 내가 백두산에 간 사이 갑자기 떠나버려서, 마지막을 지켜주지 못한 저 자신이 용서가 안 되더라고요. 그 일 때문에 많이 힘들어하다가 여기 와서 지내면서 많이 좋아졌습니다. 백두랑 함께 날마다 그 사람한테 다녀오고 조용한 데서 그림 그리면서 평정심을 회복하고 있어요. 신기하게도 우리 백두가 그 사람한테 가면 그렇게 좋아해요. 묘 앞에서 뒹굴기도 하고 묘 둘레를 빙빙 돌면서 뛰어다니는 게 꼭 생전의 그 사람 앞에서 하던 것 같다니까요."

그의 이야기를 듣는 순간 울컥하는 것이 내 속에서 치밀었다. 요즘에도 저렇게 지조 있는 남자가 다 있나 싶어 존경심이 솟았다. 도망갔던 전처가 돈 많이 들고 나타나자 뒤도 안 돌아보고 가버린 한용구에 비하면 한용규 씨 이 남자는 정말 대단하다 싶었다. 우리 집 앞에 도착할 때까지 한용규 씨의 이야기가 이어지고 나는 복잡 미묘한 기분으로 그의 말을 들었다. 고맙다는 인사를 하고 내리는 나에게 그가 그리 크지 않은 액자 하나를 주었다.

"뭔가요, 이게?"

"펴보시면 압니다."

"고맙습니다. 조심해서 가세요."

차를 돌리는 그를 향하여 손을 흔들어 주고 대문을 열자, 미친 듯 달려드는 단오, 배고프다고 야옹거리는 고양이들이 어찌나 예쁜지. 나는 서둘러 단오와 고양이들에게 먹이를 주고는 안으로 들어갔다.

얼른 액자를 풀었다. 어머! 세상에……. 내 입에서 감탄사가 터져 나왔다.

난생처음으로 보는 내 초상화, 내 실물보다 훨씬 생기 있어 보이는 얼굴이 마음에 들었다. '내가 이런 표정을 지은 적이 있던가? 아니, 그 남자 눈에 내가 이렇게 젊어 보이는 건가?' 벌렁거리는 가슴을 누그리면서 한용규 씨에 대한 생각을 정리해 보았다. 그는 현재 아내가 없는 남자이다. 그림을 잘 그리고 개를 사랑하는 사람, 부인의 산소를 매일 찾아다닐 만큼 의리와 도리를 아는 남자. 나에 대하여 웬만큼 호감을 가지고 있는 것도 같다. 그렇다면 내가 그 사람을 좋아한다 해도 걸릴 것이 없지 않은가. 가슴이 몹시 뛰었다. 그러다가도 마음 한편에선 들려오는 소리는 '야, 정이정, 한용구한테 질리지도 않았냐? 한용구나 한용규나 남자들 다 거기서 거기지. 그냥 곱게 살아, 딴생각하지 말고.' 두 가지 생각이 엎치락뒤치락 씨름하듯 얽혔다. 하지만 결국 그에게 문자를 보냈다.

선생님, 그려주신 제 모습 정말 마음에 들어요.
식사 대접 한번 해드리고 싶습니다.
기회를 주시길 바랄게요.

조금 후 한용규 씨에게서도 문자가 왔다.

사실은 내일 집에 갑니다.
겨울 나고 올 건데 언제 한번 초대해도 될까요.
친구로 생각하신다면.

나는 몇 번이고 문자를 읽었다. 온몸에 아지랑이가 피어오르는 것 같은, 이토록 달달한 설렘이 다시 찾아오다니…….

날이 밝았다. 새벽녘까지 불면으로 고생하다가 겨우 잠들었던 옥주는 간신히 눈을 떴다. 그리고 벌떡 일어났다. 설날 아침인 것이 생각났기 때문이다. 텔레비전 윗벽에 걸린 시계가 10시 15분을 가리키고 있었다.

대충 얼굴을 씻고는 냉장고 문을 열었다. 어제 먹다 남은 빵, 포장지도 뜯지 않은 떡국용 가래떡, 소고기 팩이 눈에 들어온다. 모두 서울 아들 집에서 가져온 것들이다. 그걸 보자 또 부아가 스멀거렸다. 괘씸한 것들, 나만 빼고 저희끼리만 여행을 가다니. 같이 가자고 해도 내가 선뜻 따라나서지도 않을 텐데, 나도 그만한 눈치는 있는데. 그래도 빈말이라도 "어머니, 이번 설에는 우리 다 같이 여행가는 건 어때요?" 하고 한 번이라도 물어봐 줬다면 이렇게 섭섭하진 않을 텐데. 뭐! 나더러 시골에 가서 친척들도 만나고 친구들도 만나보라고? 친척이든 친구든 자주 만나야 스스럼없이 할 말이 있는 법이지. 만날 집 비우고 산 세월이 얼만데, 명절에 여기 와서 만나볼 사람이 누가 있어. 다들 설 쇠느라 바쁠 테고.

생각할수록 섭섭했다. 모처럼 가는 설 여행을 가까운 일본이나 중국, 그렇잖으면 동남아 어디든 3대가 같이 다녀오면 오죽이나 좋을까. 하필이면 비행기를 10시간이나 타야만 하는 호주를 가겠다니. 제 엄마 생각은 조금도 안 하고 저희들끼리만 다녀오려는 아들 내외의 속셈이 섭섭한 것이다. 손녀 새미가 코알라, 캥거루도 만져보고, 모래썰매도 타고 싶다고 하도 졸라서 그러는 거라고 이유를 대긴 했지만, 새미 고것도 서운했다. 내가 저를 어떻게 키웠는데 "아빠 엄마, 할머니도 같이 여행 가면 안 돼요?"라고 한마디도 안 하다니. 초등 2학년치고 누구보다 눈치 빠삭한 녀석이.

초라하기 짝이 없는 설 상차림이다. 냉동실에 있는 생선 몇 마리는 오래되었고, 철마다 담근 장아찌 종류가 몇 가지 있지만, 하나같이 명절 음식 같지 않은 것들이라 꺼내지 않았다. 떡국 한 그릇과 김치뿐인 상 앞에서 옥주는 옛 시절을 떠올렸다. 8년 전까지만 해도 설날이면 상다리 휘어지게 차린 큰집에서의 설날 아침상, 열댓 명도 넘는 식구들이 오순도순 정담을 나누며 떡국을 먹던 장면이 빛바랜 사진처럼 머릿속을 스쳤다. 그 후로 이어진 아들 집에서의 설날도 나름 오붓했다. 이번처럼 혼자 설맞이 하는 것이 처음인 옥주는 '이게 뭐냐, 홍옥주 인생 말년이.' 울컥 눈물이 솟았다. 떡국을 몇 숟가락 먹다가 그만두었다.

  몇 해 사이에 큰 변화가 있었다. 7년 전, 뜻하지 않게 잇달아 세상을 떠난 남편과 시아주버니. 큰살림을 도맡아 오던 손윗동서는 몇 해 전 요양병원으로 거처를 옮긴 탓에 이제 큰집에서 모일 수가 없었다. 새해 인사차 손윗동서가 있는 요양병원에 한번 찾아가 볼까, 아니면 큰집 조카에게 안부 전화를 걸어볼까 생각하다가 그만두기로 했다. 그동안 안부 전화 한번 없던 조카 내외에게 옥주 자신이 먼저 전화를 거는 게 내키지 않기 때문이다. 남편 산소에나 한번 다녀올까 생각하면서 창문 커튼을 젖히고 날씨를 살폈다. 거센 바람에 눈발이 드문드문 날리고 있는 아파트 마당에 사람이라곤 안 보였다. 너무도 쓸쓸한 설날 풍경에, 옥주는 남편 산소에 다녀오려던 생각을 접었다.

  배고픈 것도 잊고 있다가 저녁때가 다 되어서야 점심 겸 저녁을 먹었다. 아침에 먹다 남은 떡국과 김치뿐인 밥상이다. 후식으로 사과 한 개를 먹고 시장기가 가시자 텔레비전을 켰다. 여기저기 채널을 돌려봐도 복잡한 정치권 뉴스 아니면 교통사고 소식, 그리고 광고뿐이다. 명절이 되어도 이렇다 할 특집방송도 없고, 우울한 소식뿐인 텔레비전. 차라리 안 보는 게 나을 듯싶어 꺼버렸다. 아들네가 호주에 무사히 도착했는지 걱정이 되지만 무소식이 희소식이란 말을 믿어보기로 했다.

지금부터 자면 또 밤에 못 잘 텐데 뭐 하지……. 잠시 생각하던 옥주는 여행 가방을 열었다. 투명한 비닐 파우치에 넣어둔 캘리그라피 도구를 꺼냈다. 캘리그라피는 얼마 전부터 아들 집 근처에 있는 문화센터에서 배우기 시작한 취미 생활이다. 옛날에 서예를 배웠던 경험 덕분인지 차분히 앉아서 그림과 글씨에 몰두하는 것이 꽤 재미있었다. 며칠 전에 배웠던 꽃그림 액자를 복습해 보기로 했다. 연분홍 꽃송이들과 올리브색 이파리들을 그려 하트 모양을 만들었다. 꽃잎으로 촘촘한 테를 이룬 하트 모양에 "당신과 함께여서 행복해요." 글씨를 써넣으며, '참 좋은 말인데 나는 지금 누구와 함께 있는가. 새해를 시작하는 설날을 혼자 이렇게 쓸쓸하게 보내다니.' 손으로는 글씨를 쓰면서도 마음은 허허로웠다. 남편이 있을 땐 남부럽지 않게 살았는데, 사람 한 명 사라졌다고 인생이 이렇게도 달라졌구나, 하는 생각이 들자 서러움이 북받쳤다. 옥주는 글씨를 쓰다 말고 멈추었다. 자꾸만 눈물이 떨어지기 때문이다.

남들 보기엔 대단한 효자 아들이지만 예전과는 달라진 아들 부부, 이번 호주 여행에서 자신이 소외당한 건 이제 그만 아들 집에서 떠나라는 신호일지도 모른다. 만약 이곳 부령에 내려와 혼자 지내게 된다면 앞으로 어떻게 살아야 하나.

손녀 새미도 변했다. 초등학교 입학 전까지는 활짝 웃는 얼굴로 "할머니이~!" 하면서 달려오던 아이가 이젠 말대꾸도 늘고, 제 엄마하고만 속닥거리는 걸 여러 번 보았다. 그때마다 따돌림을 당하는 것 같아 얼마나 섭섭했던가. 이런저런 생각에 머릿속이 복잡해진 옥주는 '에라 모르겠다. 잠이나 자야지.' 생각하고 침대에 누웠다. 설핏 잠이 들려고 할 때, 휴대폰이 울렸다. 혹시 아들인가 싶어 얼른 받았다. 뜻밖에도 친구 명진이다.

"홍옥주, 설 잘 쇠고 있지? 나 설 쇠러 서울 아들 집에 왔다가 네 목소리 들어보고 싶어서 전화했어."

옥주는 목소리를 가다듬어 태연한 척 대답했다.

"고맙다. 그런데 나 지금 부령 우리 집에 내려와 있는데."

"오, 그래! 언제 갔어, 아니 언제까지 부령에 있을 거야?"

"글쎄, 며칠 더 있을 것 같은데."

"내가 내일 내려갈 거니까 우리 모레쯤 만나자."

"그러자, 오랜만에 얼굴 한번 보자."

옥주는 명진의 전화가 더없이 반가웠지만, 아들의 전화가 아닌 게 새삼 섭섭했다. '전화 한 번 하는 게 그렇게 어렵나. 무심한 것들.'

다음 날 저녁 명진이 다시 전화했다.

"옥주야, 내일 나랑 같이 태숙이네 집에 가는 건 어때? 우리 셋이 같이 만난 지 오래됐잖아."

즐거운 명절

"태숙인 항상 바쁘다던데 괜찮겠어?"

"조금 전 태숙이랑 통화했는데 내일 시간 된대. 자기네 카페 쉬는 날이니까 와서 마음껏 놀다 가라고 하더라."

"태숙이가 카페를 한다고?"

"아! 내가 말 안 했었나. 한참 됐어, 태숙이 카페 시작한 지."

"그렇구나, 궁금하긴 하다. 태숙이 얼굴 본 지도 오래됐고."

통화를 마친 옥주는 새삼 옛 친구들을 떠올려 보았다. 잊을만 하면 한 번씩 전화 걸어주는 명진은 목소리로 봐서 별로 늙지 않았을 것 같고, 태숙은 아직도 옛날처럼 수더분한 맵시 그대로일까. 옛날엔 우리 셋 중에 내가 피부도 제일 깨끗하고 옷맵시도 괜찮았는데. 옥주는 초등학교 때부터 친했던 그 친구들이 둘이서는 자주 만나고 있나 보다 생각하자 껄끄러운 무엇이 속에서 불쑥거렸다.

옥주는 되짚어 봤다. 그동안 한 달에 두세 번은 여기 왔다 가고는 했지만 토요일에 왔다가 다음 날 올라가곤 하다 보니 그 친구들과 멀어졌지. 그 친구들이 나를 피했어. 명진은 주일이라 교회에 간다고 했고, 태숙은 항상 바쁜 일 있다면서 전화로만 미안하다고 그랬지. 그래서 아, 내가 혼자되니까 친구들도 거리두기를 하는가 보다 생각했던 건 오해였나. 아무튼 이번엔 한번 만나보자.'

다음 날 오전 명진이 왔다. 능숙한 솜씨로 운전하는 명진을 보면서 옥주는 부러움을 감추지 않았다.

"명진이 넌 좋겠다. 운전을 잘하니까 가고 싶은 곳 어디든 갈 수 있겠지."

"그건 맞아, 옥주 너도 진즉 운전을 배워뒀으면 좋았을걸."

"우리 그이가 말렸어. 내가 기계를 너무 어려워하니까. 대신 내가 원하는 곳은 어디든 데려다주겠다고 약속했는데 그 약속을 안 지키고 가버렸구나. 그 사람은."

"아, 옥주야 미안. 나도 모르게 말실수했네. 정말 미안해."

"괜찮아, 그럴 수도 있지 뭐!"

"그래도 네가 아들 집에서 지낸 덕에 빨리 추스를 수 있었을 거야. 사람이 겪는 스트레스 중에 그 후유증이 가장 크다는데."

"사실 그때 아들이 바로 나를 데려가지 않았다면 난 아마 울다가 지쳐 죽었을지도 모르지."

"야, 네 아들이 효자지만 며느리도 상 줘야겠다야."

"그래, 요즘 그만한 며느리 얻기 쉽지 않지."

옥주는 명진의 말에 맞장구치면서도 '내가 뭐 거저 있었나. 살림해 주고 애 키워주니까 며느리가 맘 편하게 직장에 다니는 거지.' 고까운 생각을 했다.

바닷가 해송숲으로 가는 큰 도로 옆, 여기저기 새 건물이 들어선 마을로 진입하면서 명진이 말했다.

"왼쪽에 보이는 흰색 2층 건물 있지? 태숙이네 카페야."

"카페 간판 엄청 크네. '이태카페'는 무슨 뜻이야?"

"태숙이 남편 이름이 이식 씨잖아. 그래서 이식, 태숙 이름에서 한 자씩 따서 지은 거래. 그 두 사람 워낙 잉꼬부부잖니."

"그렇구나. 그런데 태숙이는 언제 이쪽으로 이사 온 거야?"

"시부모님 돌아가시고 물려받은 땅에 건물 지어서 이사 온 지 몇 년 됐을걸."

명진의 자동차가 넓은 마당으로 들어섰다. 태숙이 1층 현관문을 열고나오며 두 팔을 벌려 반겼다.

"어서 와라 친구들! 옥주는 우리 집이 처음이지?"

"오랜만이다. 정태숙."

"그래, 홍옥주 정말 오랜만이다. 너 만날 생각에 설레서 잠도 못 잤다."

"정말이지! 그런데 나이를 거꾸로 먹니? 더 젊어졌네."

"젊어지긴! 여기저기 돈 좀 바른 덕분이지."

예전에 비해 훨씬 날씬해지고 당당한 태숙을 옥주는 부러운 눈으로 바라봤다. 태숙의 안내를 따라, 검은색 방부목 계단을 걸어 2층 카페로 들어갔다. 예쁘게 가꾼 분재들, 친근해 보이는 꽃 그림 액자들이 정겨워 보였다. 옥주가 둥근 원목 탁자 앞으로 가 앉자 명진, 태숙도 옆에 앉았다. 옥주가 물었다.

"어떻게 카페 사장님이 된 거야?"

"다 말하려면 사연이 길다. 우리 마당발 서방님 때문이라고 해야 하나. 퇴직한 후로 집에 있는 날이 거의 없이 나돌아 다니지 뭐니. 그래서 만날 사람 있으면 이쪽으로 불러 여기서 만나라고 시작한 거야. 나도 뭔가 내 일을 하고 싶었고."

"장사는 잘돼?"

"원래 큰 기대는 안 하고 시작한 건데 손님이 제법 있어. 우리 쌍화차랑 커피가 맛있다고 소문났대."

"좋겠다야! 그럼, 그 소문난 쌍화차 석 잔 주문할게. 오랜만에 만난 기념으로 내가 살게."

옥주의 말에 태숙이 손사래를 쳤다.

"무슨 소리, 나 만나려고 온 친구들 당연히 내가 대접해야지. 귀한 손님들, 오늘은 공짜예요, 공짜."

두 사람의 말을 듣고 있던 명진이 싱긋 웃으며 말했다.

"야, 우리 셋이 모이니까 이렇게 재미있구나. 너희들 지금 엔도르핀, 도파민이 퐁퐁 솟는 느낌 안 드니?"

조금 후 태숙이 쌍화차와 구운 가래떡을 내왔다. 갈색 단지 모양의 찻잔 뚜껑을 열자 한약재 냄새가 물씬 풍겼다. 뜨끈뜨끈한 진갈색 차에 듬뿍 넣은 견과류와 달걀노른자가 어우러져 쌉싸름하면서도 달고 고소한 맛을 내주었다. 잘 구워진 가래떡 또한 오랜만에 맛보는 별미여서 옥주는 보약을 먹는 듯 흡족했다.

태숙이 말했다. 내일까지 설 연휴로 쉬는 날인데 남편은 고향 친구들 모임에 갔고 자기도 이렇게 옛 친구들을 만나게 돼서 얼마나 기쁜지 모르겠다고. 그러자 명진이 물었다.

"너희 신랑 외출은 좀 줄었니? 카페 홍보는 잘해주고?"

"홍보는 잘해주는 편인데 외출은 여전해. 자기 이름값 하느라고 그런대."

"이름값이라니?"

"이름이 이식이잖니. 그래서 집에서는 삼식이 말고 이식만 하겠단다. 적어도 점심 한 끼는 밖에서 먹으려고 그렇게 나돌아 다니는 거래. 자기 친구들 중에 삼식이들은 죄다 집에서 푸대접받는다면서, 그렇게 말하는 걸 보면 좀 웃겨서 결국 내가 져주고 만다."

"야, 꿈보다 해몽이 좋구나, 태숙이 너희 부부는 천생연분이다."

명진의 말에 호호 웃는 태숙을 보면서, 옥주는 세상없이 다정했던 남편의 생전 모습을 떠올렸다. 옥주의 표정을 살피던 명진이 눈치 빠르게 말머리를 돌렸다.

"우리 이번 설 쇤 이야기나 한번 나눠보자. 요즘엔 집집마다 설을 다르게 쇠잖니. 태숙이 너네는 어땠어?"

"우린 해마다 똑같아. 우리 애들 식구들에다가 두 동서들 가족까지, 스무 명 정도 되는데 북새통이 따로 없다. 어제 우리 애들이 다 가고 나서야 잠잠해졌지. 자식들이 오면 그저 반갑고 갈 때는 더 반갑다는 말을 번번이 실감한다니까."

"그럼, 그 많은 음식은 누가 다 장만하니. 설마 태숙이 너 혼자 하는 건 아니겠지?"

"당연하지, 저 옆에 별채 보이지? 상당히 널찍한 민박집 구조야. 평소엔 민박집으로 쓰고, 대가족 모임 땐 각자 숙박비 내고 가족별로 방을 쓰라고 했지. 뒷정리까지 깨끗하게 하고 가는 걸로. 음식도 알아서 해 먹으라고 했더니 저희들끼리 의논해서 장을 봐 오고 요리 솜씨 자랑도 하고 그래. 동서들은 설날 아침만 먹고 바로 가니까 상관없지만 우리 애들은 어제까지 있다가 갔어. 내가 아무리 신경 안 쓴다 해도 차례상은 봐줘야 하니까 명절이 되면 피곤해. 나이가 들어서 그럴까?"

"너무 그렇게 선 그으면 자식들이 서운해하진 않니?"

"뭐 별로! 우리 서방님이 나 힘들게 하지 않으려고 짜낸 방안이라는 걸 애들이 알고 있어서."

옥주가 부러운 듯 말했다.

"아무튼 재미는 있겠다. 대가족이 모이면 시끌시끌하고 고달프지만, 꽉 채워지는 느낌 같은 건 있지."

옥주는 그리웠다. 8년 전까지만 해도 너무 당연하게 여겼던 시끌벅적한 설날 풍경, 이제 다시는 맛볼 수 없는 그 뻐근한 충족감을.

태숙이 이야기를 마치자 명진이 말하기 시작했다.

"우린 해마다 서울 아들 집으로 가서 명절을 보내. 독립해서 살고 있는 딸까지 모여 아침 예배드린 뒤, 덕담 나누면서 떡국 먹고, 오후엔 영화나 음악회 관람하는 게 명절 행사야. 이번엔 뮤지컬 '마타하리'를 봤는데 아주 대단했어. 내가 좋아하는 가수 옥○○이 열창하는 걸 듣고 싶어서 다 같이 가자고 했더니 며느리가 그러더라. '어머님, 그 뮤지컬은 어린애들 보기엔 좀 무리일 것 같아요. 저희는 애들 데리고 따로 영화 볼게요.' 그래서 영화 보고 저녁 식사까지 하고 오라고 봉투 주었더니 엄청 좋아하던걸. 그래봤자 그 애들이 준 용돈 되돌려주는 거지만. 그래서 우리 부부와 딸, 이렇게 셋이서 뮤지컬 봤는데 오붓하고 좋았어. 조금 덜 비싼 2층 앞쪽 자리도 괜찮더라고. 우리 그이는 공연 초반엔 뭔 내용인지 모르겠다고 구시렁거리더니 나중엔 나보다도 더 집중해서 보는 게 신기했어. 야! 명절날 3시간짜리 공연에 그렇게 많은 사람이 몰리는 걸 보니 요즘 유행인가 봐."

"명진이 너희 며느리는 진짜 좋았겠다. 설 쉰다고 먼 거리 시댁에 오고 가는 스트레스 안 받고 차례도 안 지내지. 화끈한 시어머니가 영화 보라고 용돈도 주고 얼마나 좋을까. 우리들이 며느리 시절에 받았던 대우에 비하면 천지 차이네. 명진이 너에 비하면 난 고약한 시어머니 같구나. 채명진, 1등 시어머니로 인정!"

태숙이 엄지를 추켜올리자 명진이 고개를 저으며 말했다.

"요즘엔 명절에 해외여행 가는 사람들도 많잖아. 거기 비하면 난 시집살이 시키는 편이지."

옥주는 두 사람의 말이 은밀한 자기 속내를 들추는 것 같아 뜨끔했다. 하지만 듣고만 있을 수는 없었다.

"너희들 말 듣고 보니 나야말로 1등 시어머니네. 우리 아들 며느리 지금 제 딸 데리고 호주 여행 중이거든. 나더러도 같이 가자고 했는데 내가 사양했다. 비행기 멀미 때문에. 대신 내 집에 가서 푹 쉬겠다고 했지. 그래서 내가 일찍 부령에 내려왔고, 오늘 너희들도 만날 수 있게 된 거야."

"너희 아들 며느리 참 똑똑하네. 비행기 너무 오래 타는 곳이라서 엄마 모시고 가기는 어렵고, 대신 엄마에게 충분한 휴가를 준 거네. 야, 홍옥주, 이참에 아들 집에서 벗어나는 건 어때. 이제 웬만큼 추슬러지지 않았니? 손녀도 많이 컸지? 손녀가 아무리 예뻐도 계속해서 같이 지내다 보면 틈이 벌어질 수 있어. 자칫하면 공든 탑이 무너질 수도 있는 거라고."

"별소리를 다 한다. 그 애들은 나 없으면 안 돼. 내가 살림 다 챙겨주지, 아이 돌봐주니까 며느리가 맘 편하게 직장 생활을 할 수 있는 거고, 우리 아들도 나랑 함께 살아야 내 걱정 덜 하고 지낼 수 있는 거지, 안 그러겠니? 제대로 알지도 못하면서."

옥주 목소리에 날이 섰다는 걸 눈치챈 태숙이 말했다.

"명진인 옥주를 아끼는 마음에서 하는 말이고 옥주는 아들을 아끼는 마음에서 하는 말이니 두 사람 말이 다 맞네. 누군가를 아끼는 마음이 있다는 건 좋은 사람이라는 뜻이야. 그나저나 너희들 배고프겠다. 내가 아래층에 내려가서 점심 차려놓고 부를 테니까 이따가 내려와."

태숙이 큰 고무나무 화분 곁에 있는 갈색 문을 열면서 다시 말했다.

"여기 문 열면 계단 있으니까 이쪽으로 내려오면 돼."

태숙이 내려가고 두 사람만 남게 되자 잠시 어색한 공기가 흘렀다. 창밖을 바라보던 명진이 먼저 말을 꺼냈다.

"옥주야, 내 말이 거슬렸다면 미안하다. 시부모와 지나치게 밀착되어 있는 것 때문에 불화 있는 집, 주변에서 자주 보거든."

"난 아직 혼자 살아갈 자신이 없어. 뭘 하면서 세월을 보낼 수 있을지, 그냥 아들 집에서 같이 지내는 것 말고는."

"그렇지만 평균 수명이 훨씬 길어졌는데 긴 세월 자식들만 바라보고 있으면 그 자식들도 불편할 거야. 부모가 홀로서기로 씩씩하게 살아주는 게 자식들 도와주는 거 아닐까."

"난 거기까진 생각하지 못하고 있어. 그 사람 생전 모습이 눈에 밟혀서 아직도 서럽고."

"애도 기간 3년쯤 지나면 괜찮아진다던데 7년이 지났는데도 힘든가 보다……. 하긴 너희 부부가 워낙 사이좋게 살았으니까."

명진의 휴대폰이 울렸다. 점심 먹으러 내려오라는 태숙의 전화였다. 아래층으로 내려간 두 사람은 깜짝 놀랐다. 주방 옆 널찍한 거실이 마치 작은 갤러리 같았기 때문이다. 햇볕 드는 창가 쪽으로 쭉 진열되어 있는 분재 화분들, 벽 여기저기에 걸린 수많은 민화 액자들이 예사롭지 않았다.

"와! 이게 다 누구 작품이야?"

명진의 말에 태숙이 대답했다.

"아, 명진이도 여기는 처음이구나. 여기는 우리 서방님의 공간이야. 우리 부부 말고는 외부인들 출입 금지 구역이지. 우리 애들도 허락 없이는 못 들어오는걸. 그런데 구경은 이따가 하고 어서 점심 먹자, 다 식겠다."

생바지락을 넣어 끓인 미역국의 개운한 맛이 별미였다. 갈비찜, 잡채, 산적, 생선전 등 명절 음식이 차려진 식탁 앞에서 옥주는 비로소 설을 쇠는 기분이 들었다. "맛있다, 맛있어."를 연발하는 친구들을 바라보는 태숙의 얼굴에 흐뭇한 미소가 번졌다.

점심 식사를 마친 세 사람은 다시 거실로 나왔다. 여러 개의 민화 중, 벽 중앙에 걸려 있는 '호작도'를 유심히 보던 명진이 말했다.

"이 그림은 설날과 딱 어울리는 것 같아. 익살스러운 호랑이 표정이랑 까치가 볼수록 재미있어. 집안에 씩씩한 기운, 좋은 소식을 불러들이고 싶은 소원이 느껴지기도 하고."

"우리 서방님이 가장 아끼는 그림이야. 자기가 그린 호랑이랑 까치한테 가끔 말을 거는 걸 보면 어린애 같아서 내가 웃는다."

명진이 갑자기 생각난 듯 말했다.

"이 그림 보니까 생각나는 노래 없어?"

"무슨 노래?"

"우리 어렸을 적에 설날마다 불렀던 그 노래?"

옥주가 말하는 사이 명진이 얼른 휴대폰을 켜 유튜브에 접속했다.

경쾌한 반주와 함께 동요 '설날*'이 흘러나왔다.

"까치 까치 설날은……." 명진이 먼저 노래를 시작하자 옥주도 태숙도 따라 부르기 시작했다. 하지만 1절을 부르고 나서 옥주는 그만두었다.

"가사를 다 까먹어서 못 하겠다야. 2절부터는 통 생각이 안 나서."

옥주의 말에 태숙이 말했다.

"각자 자기 휴대폰으로 가사를 보면서 부르면 되지 않을까."

"그래! 그게 좋겠다."

세 사람이 각자 휴대폰을 들여다보면서 다시 '설날' 노래를 부르기 시작했다.

---

* 동요 '설날' : 우리나라 최초 창작동요, 작곡가 윤극영 지음, 1924년 작사 작곡, 1926년 발표.

- 까치 까치 설날은 어저께고요 우리 우리 설날은 오늘이래요.
곱고 고운 댕기도 내가 드리고 새로 사 온 신발도 내가 신어요.

우리 언니 저고리 노랑 저고리 우리 동생 저고리 색동저고리
아버지와 어머니 호사내시고 우리들의 절 받기 좋아하셔요.

우리 집 뒤뜰에다 널을 놓고서 상 들이고 잣 까고 호두 까면서
언니하고 정답게 널을 뛰고 나는 나는 좋아요 참말 좋아요.

무서웠던 아버지 순해지시고 우리 우리 내 동생 울지 않아요.
이집 저집 윷놀이 널뛰는 소리 나는 나는 설날이 참말 좋아요.

4절까지 부르고 나서 명진이 핸드백에서 하모니카를 꺼내며 말했다.
"야, 유튜브 끄고 우리끼리만 다시 불러보자. 내가 하모니카로 반주 넣을게."
명진이 하모니카를 불고 두 사람이 다시 설날 노래를 부르기 시작했다. 하지만 2절까지 부르고 그만두었다.
"그만하자. 3절부터는 가사가 헷갈려서 못 하겠다. 그나저나 명진이 너는 하모니카를 참 잘도 부는구나."
"내가 하모니카 선생이라는 걸 몰랐지?"

"하모니카 선생이라고?"

태숙이 놀란 표정으로 묻자 명진이 말했다.

"내가 살펴드리는 어르신이 붙여준 별명이야. 내가 그 집에 갈 때면 '어매! 우리 하모니카 선생님' 하면서 얼마나 반겨주는지. 내 하모니카 반주에 맞춰 가끔 그 어르신이 노래를 부르기도 하는데 보람 있어. 은근히 재미도 있고."

"야, 우리 친구 채명진 참 훌륭하네."

태숙의 칭찬에 옥주가 박수를 쳤다. 명진이 피식 웃더니 하모니카를 다시 입에 대고는 '오빠 생각', '반달', '섬집 아기', '고향의 봄'을 메들리로 연주했다.

"그 어르신이 좋아하는 레퍼토리야."

"우리도 옛날에 많이 불렀던 노래들이지? 옛날 생각나고 참 좋네."

"그나저나 태숙이 네 남편은 언제 이렇게 그림 실력을 길렀다니?"

"벌써 몇 해째 민화에 푹 빠져서 지내고 있어. 외출했다가도 돌아오면 밤늦도록 그림을 그리는데 어찌나 열심인지 몰라. 어쩌다 외출 없는 날엔 여기서 하루 종일 그림을 그리거나 화분을 가꾸는데 마치 도 닦는 사람 같다니까. 그런데 말이야, 가끔 저녁밥도 차려놓는다? 내가 카페 일 끝내고 내려오면 바로 먹을 수 있게. 놀랍지 않니?"

"와! 태숙이 너 대단한 능력자네. 어떻게 그리 남편을 잘 길들였대?"

"내가 옛날에 시집살이를 엄청 당했잖니. 우리 서방님이 선량한 사람이라서 그걸 인정해 주는 거지. 그 사람도 옛날엔 직장생활에 바쁘고, 집에서는 어른들 비위 맞추느라 취미 생활 같은 건 일절 없었어. 그래서 지금 한풀이처럼 이것저것 다 해보는 모양이야. 아무튼 우리 부부는 지금이 제2의 신혼시절 같아. 그건 그렇고, 카페로 올라가자. 커피 마시게."

태숙이 내온 커피에 장식된 하트 모양이 정겨워 보였다.
"태숙이 넌 언제 바리스타가 된 거야?"
옥주가 묻자 태숙이 말했다.
"나보다는 우리 막냇동생 태화 알지? 태화가 진짜 바리스타야. 나는 쌍화차 전문, 태화가 내려준 커피를 좋아하는 손님들이 많아."

커피 향기와 추억 이야기로 웃음꽃이 흐드러지고 있을 때 옥주의 휴대폰 알림 신호가 울렸다. 며느리가 보낸 사진과 문자다. '어머님, 양털 침구 매장에 왔는데 어머님 선물 사려고요. 이불과 카펫 사진 보시고 마음에 드시는 걸로 한 가지 정해주세요. 지금요.' 옥주는 친구들에게 휴대폰을 보여주며 말했다.

"며느리가 선물 사 온다는데 양모 이불이 좋을까, 양모 카펫이 좋을까?"

"글쎄? 나는 써본 적이 없어서 잘 모르겠는데."

명진이 말하자 태숙도 거들었다.

"사진으로 보는 거랑 실물은 다르니까 며느리 마음에 드는 걸로 사 오라고 해, 안 그러니?"

'아무거나 좋으니 네가 알아서 사 오렴.' 옥주는 문자를 보내고는 내친김에 덧붙였다.

"우리 며느리는 어디 갈 때마다 내 선물을 꼭 사 온다. 돈 아껴 쓰라고 번번이 일러도 듣지도 않아. 이 코트도 며느리가 사다 준 거야."

입고 있는 검정색 알파카 코트를 만지며 말하는 옥주의 말에 명진도 태숙도 거들었다.

"우아하고 정말 잘 어울려."

"며느리가 아주 안목 있네."

친구들 칭찬에 기분 좋아진 옥주는 계속 이야기를 이어갔다. 명진과 태숙이 맞장구를 치면서 셋이서 수다 삼매경에 빠져 있다가 명진이 시계를 보면서 말했다.

"옥주야, 그만 일어날까?"

"왜! 벌써 가려고? 이따 저녁까지 먹고 가. 우리 서방님은 분명히 늦게 올 거야."

"아니야, 지금 가봐야겠어. 나 기다리는 어르신이 있어서."

명진이 말하자 문득 생각난 듯 옥주가 핸드백을 열었다.

"태숙아, 모처럼 오는데 그냥 왔어. 이거 손부끄럽지만 내 마음이야."

옥주가 건네는 캘리그라피 카드를 받아 든 태숙이 깜짝 놀라며 말했다.

"와! 이게 뭐라니? 너 옛날에 서예 잘했는데 그건 아닌 것 같고."

"캘리그라피, 요즘 많이들 하는 취미 활동이야. 시작한 지 얼마 안 됐지만, 엊저녁에 만든 최신작이다."

"화사한 꽃밭이랑 글씨가 아주 좋은데! 액자에 넣어서 걸어야겠다. 우리 카페에 잘 어울리겠어."

"어디 나도 좀 보자."

명진이 손짓을 했다.

"명진이 네 것도 여기 있어."

옥주가 건네는 카드를 받아 든 명진의 칭찬 세례가 쏟아졌.

"와우! 이거 참 좋다. 밝은 꽃그림도 좋지만 문구가 정말 좋다야. '당신과 함께여서 행복해요.' 이건 오늘 이 자리랑 딱 어울리는 문구네."

태숙이 옥주의 손을 잡아주며 말했다.

"명진이 말이 맞다. 우리 셋이 이렇게 모인 게 이번 명절 선물 같구나. 아주 특급 선물 말이야."

옥주는 자신의 손을 잡아주는 태숙의 손이 참 따뜻하다고 느꼈다. 밖으로 나온 세 사람의 작별 인사는 길었다. 태숙은 옥주의 어깨를 토닥이다가 다시 손을 잡아 흔들면서 가끔 만날 수 있으면 좋겠다고 했다. 웃는 얼굴로 손을 흔들어 주는 태숙의 배웅을 받으며 명진의 차가 마당을 벗어났다. 달리는 차 안에서 옥주가 말했다.

"태숙인 진짜 좋아 보인다. 전엔 우리들 중에 태숙이가 제일 고단하게 살았는데."

"깐깐한 시부모님 모시면서 시할머니 병 수발까지 군말 없이 견뎌낸 보상을 지금 받는 거겠지."

"고생 끝에 낙이 온다는 말이 맞네."

"옛날엔 옥주 네가 누구보다 호강스럽게 살았는데."

"나밖에 모르는 자상한 남편이랑 똑똑한 아들 덕에 기 좀 펴고 살았지. 물려받은 재산도 좀 있었고. 초반에 잘 살다가 후반에 고생하는 나보다는 초반에 고생하다가 후반에 복을 누리는 태숙이 팔자가 나은 것 같아. 명진아, 오늘 재미있었다. 고마워!"

"고맙긴, 우린 친구잖아. 네 생각이 날 때마다 기도하고 있어."

"그래, 옛날 친구가 좋긴 하다. 허물없고, 진심으로 생각해 주고."

"옥주야, 오해하지 말고 들어봐. 혹시 홀로서기 해볼 생각 없어? 다시 여기 부령에 와서 취미 생활도 하고 친구들 만나면서 새로운 길을 찾아보는 거. 태숙이처럼 완전히 바뀌는 건 쉽지 않겠지만 옥주 너도 잠재력 있으니까 뭘 해도 잘 해낼 수 있을 텐데.”
“그러게 말이다. 나도 뭔가 달라져야 한다는 생각은 있어. 사실 쑥쑥 커가는 손녀는 이제 내 품을 떠난 것 같고, 아들이랑 며느리가 잘한다고는 해도 가끔은 섭섭할 때도 있어서.”
“그러니까 하는 말이야. 그렇게 서운한 감정이 쌓이다 보면 나중에 걷잡을 수 없게 될 수도 있어. 그러니까 앞으로 너 홀로 씩씩하게 살아보는 것도 좋지 않을까. 아까 태숙이 하는 말 들었지? 부부 둘이서만 오롯하게 지내는 지금이 제2의 신혼시절 같다고. 네 며느리도 그런 생각할 수도 있을 거야.”
“그러게! 고민 좀 해볼게. 아무튼 고마워. 진짜로 나를 염려해주는 사람은 명진이 너밖에 없구나.”
“푹 쉬면서 잘 생각해 봐. 나도 힘닿는 대로 도울게.”
명진의 차가 아파트 입구에 도착했다. 차에서 내린 옥주는 차를 돌리는 명진을 향하여 손을 흔들어 주고는 근처 마트에 들렀다. 며칠간 먹을 찬거리를 샀다. 오늘 저녁부터는 제대로 된 상을 차려 먹을 작정인 것이다. 찬거리 봉지를 들고 아파트 현관문을 열자 훈훈한 온기가 훅 달려든다.
“보일러를 그대로 켜두고 갔었나. 아무튼 따뜻해서 좋네.”
옥주는 혼잣말을 하며 코트를 벗어 옷걸이에 걸었다. 냉장고에 찬거리를 넣는 옥주 얼굴이 한결 편안해 보였다.

아버지의 반전

 쑥골마을을 병풍처럼 둘러싸고 있는 산, 그 산등성이에 마련된 문중 묘지를 다들 명당자리라고 했다. 시원하게 펼쳐진 들판과 바다가 보이는 그곳에는 6대조 할아버지의 봉분이 있는 묘소를 제외하고, 항렬별로 줄 맞춰 세워진 아담한 묘비들이 문패처럼 세워져 있다. 아버지 항렬 이후로도 5대까지의 후손들이 편히 잠들 수 있는 선산이다. 가리개 삼아 심어놓은 황금 편백나무가 기세 좋게 자라고 있어서인지 그리 슬픈 장소로 느껴지지도 않았다. 가끔 다른 문중 사람들이 와서 부러워하며 사진도 찍어가는 이 선산을 마련하는 데에 아버지는 일등 공신이었다.
 약속한 11시가 되자 서울 사는 큰동생을 제외한 다른 동생들이 속속 도착했다. 우리는 김○○, 성○○ 두 분 이름이 새겨진 묘비 앞에, 준비해 온 꽃다발을 놓고 각자 자기 방식대로 인사를

올렸다. 동생들은 절을 하고 나는 휴대폰을 꺼내 아버지의 음성이 담긴 녹음 파일을 클릭했다. 아버지의 떨리는 목소리 "네! 믿어요."를 들으면서 내 머릿속을 스치는 장면은, 다시 생각해도 대단한 기적이었다. 아버지의 음성을 듣는 것으로 제사 의식을 마무리하고 있는데 갑자기 빗방울이 떨어지기 시작했다.

"아버지, 어머니. 저희들은 이만 가볼게요."

작별 인사를 하고 내려오는데 세차게 쏟아지는 빗줄기 때문에 묘지 가까운 곳에 있는 문중 제실로 피하기로 했다. 저 아래 큰길가에 세워놓은 자동차까지 가려면 한참 걸리기 때문이다. 제실 속내를 잘 아는 둘째 동생이 육중한 철재 대문을 열었다. 뛰다시피 제실 지붕 아래로 들어가 종친회장에게 전화를 걸었다. 현관문 비밀번호를 알아야 했기 때문이다. 디지털 도어록이 스르륵 소리를 내며 열리자, 동생들은 익숙한 듯 안으로 들어갔지만 나와 남편은 적잖게 놀랐다. 처음으로 보는 친정 문중 제실은, 제실에 대한 내 고정관념을 확 깨뜨려 주었다. 작은 강당 크기의 거실뿐만 아니라 그 양쪽으로 있는 방 두 개도 아주 널찍했다. 대형 냉장고, 텔레비전, 에어컨, 세탁기 등 편리해 보이는 가전제품들, 넉넉한 침구들까지. 해마다 가을에 열리는 시제 때는 물론이고, 종친 중 원하는 사람은 별장처럼 쉬었다가 갈 수 있게 만든 시설이라고 했다.

"우와, 제실이 무슨 관광지 콘도 같네. 이거 다 누구 아이디어야?"
"묘소나 제실 기획안은 내가 짜서 아버지께 말씀드리고 아버지가 종친들 동의를 이끌어 내서 만들어진 거라고 볼 수 있죠."
"비용은 옛 조상님들이 지원해 주셨네."
"그렇다고 봐야죠."
둘째 동생이 웃으며 설명해 주었다. 나는 그 말을 들으면서 문중 일에 유난히 열심이셨던 아버지 생전 모습을 떠올렸다.

옛 전통을 중시하는 쑥골마을에 처음으로 들어선 현대식 묘지와 제실이 완공되기까지 그 과정이 녹록하지는 않았다. 여러 해 전 아버지 생신 때, 우리 형제들 앞에서 아버지는 말씀하셨다.
"누구든 마당가에 있는 작은 창고를 열어보면 안 된다."
"왜요?"
"거기에 우리 조상님들께서 쉬고 계신다."
"아니, 무슨 말씀이세요?"
그날 아버지가 들려주신 이야기는 참으로 놀랍고도 갑갑할 내용이었다.

조선 후기 어느 해, 경기도에 살던 한 젊은이가 전라도로 피신해 왔다. 우리 6대조 할아버지 되시는 바로 그분이다. 세월이 흐르는 동안 그 할아버지 후손들은 번창하여 문중을 이루고, 제법

규모 있는 선산을 장만하여 해마다 수십 명 종친들이 모여 시제를 지내고 있었다.

특별하게 출세한 사람도, 큰 부자도 없는 집안이었다. 다들 고만고만하지만, 부끄러울 것 없이 살아가는 문중 사람들에게 몇 해 전 뜻하지 않은 행운이 찾아왔다. 옛날 조상님 중 한 분이 전쟁에서 공을 세워 임금님으로부터 하사받은 땅 수만 평 중에서 일부가 팔렸다는 소식과 함께, 수억 원의 목돈을 경기도에 있는 대문중에서 보내온 것이다. 신라의 마지막 왕을 시조로 모시고 지내는 대시제에 아버지와 문중 사람들이 여러 번 참석하신 일, 그동안 잘 관리된 족보 덕분에 인정된 결과였던 것 같다.

아버지를 비롯한 문중 사람들은 조상님들이 남겨주신 목돈으로, 모이기 쉬운 장소에 새로운 선산을 마련하자는 데에 의견을 모았다. 먼 거리 제실까지 다니기가 어렵다는 이유로 시제 참석자가 점점 줄어들기 때문이었다.

묘지든 제실이든 이왕이면 현대식으로 하자는 결론이 나왔다. 대전에서 건축 사업을 하는 둘째동생이 제시한 의견에, 아버지가 문중 사람들의 동의를 이끌어 낸 결과다. 하지만 일이 그리 쉽게 진척되지는 않았다. 마을 사람들의 부러움 섞인 야유와 비판이 끊이지 않았고, 묘지 조성을 하다가 공사를 중단할 수밖에 없게 된 것은, 마을 경관을 해친다는 이유를 들어 누군가 군청에 민원을 제기했기 때문이다.

전에 있던 선산은 이미 매각되었고 조상님들 유골은 모셔 올 수밖에 없었다며 아버지는 깊은 한숨을 쉬었다. 그때 우리 형제들은 불편한 심정을 감추지 않고 하나같이 말했다.

"왜 하필 우리 집으로 유골을 모신 거예요. 찜찜하게. 큰집에 다 모셔야 맞는 거 아닌가요."

"그런 말 하는 거 아니다. 우리들 뿌리인 조상님들 아니면 우리가 어떻게 이 세상에 있겠냐. 우리 집으로 모시게 된 것이 복이지. 암! 복이다 뿐이냐."

묘지 공사는 그 이후로 몇 가지 곡절을 겪다가 결국 잘 마무리되었다. 평소에 아버지가 마을 사람들에게 베푸신 덕망도 있고, 마을에서 볼 때 묘지가 보이지 않도록 나무를 많이 심겠다는 약속을 했기 때문이다. 어디에 내놔도 꿀릴 것 없는 문중 묘지와 제실은 아버지 일생의 업적이 되었고, 문중 사람들은 가을 시제 때가 되면 예전보다 더 많이 모여 축제처럼 즐기는 행사가 되었다.

아버지가 문중 일에 열심을 기울이기 시작한 50세 무렵, 큰집 사정이 예전 같지 않게 달라져 있던 시기였다.

항상 일가친척들 발길이 끊이지 않았고, 다양한 음식을 맛볼 수 있는 큰집에선 일 년에 열 번이나 차리는 제사상을 잘 갖춰 차리고, 다음 날 아침엔 이웃들에게 골고루 음식을 나눠주는 것에 큰 자부심을 가지고 있었다. 나는 어릴 때부터 제삿날이면 큰집에 가서 부엌일을 도와야 했다. 잔심부름을 하고 아궁이에 불을 때는 일을 하거나 나물을 다듬어 씻는 일은 쉽지 않았다. 어떤 날은 꾀병을 부리기도 했는데 예법을 유난히 강조하던 큰어머니 교훈이 잔소리 같아서 싫었고, 내 아버지를 대하는 큰어머니 태도가 어린 내 눈에도 자주 거슬렸기 때문이다.

팔자 사나운 우리 할아버지가 두 번이나 사별을 겪고, 며느리 또래의 세 번째 부인을 얻었다. 그 세 번째 부인에게서 태어난 아들인 내 아버지. 양반 가문 출신의 큰어머니 눈에, 아들 또래의 이복 시동생이 곱게 보이진 않았을 것이다. 당시로서는 당연한 관습이기도 했으니까. 그럼에도 불구하고 큰아버지와 내 아버지는 깊은 형제애를 나누었다. 큰아버지는 아들 같은 이복동생을 많이 아끼셨고, 아버지는 나이 많은 형님을 아버지처럼 의지하며 험난한 세월을 살아냈다.

큰아버지 내외분이 돌아가신 뒤, 큰집에 드나들던 일가친척들이 우리 집으로 발걸음을 옮겨왔다. 솜씨 좋은 어머니는 성심껏 그들을 대접했고 일가친척들 사이에서 아버지의 평판은 갈수록 좋아졌다. 가을이면 아버지가 문중 시제에 적극적으로 참석하기 시작한 것도 그 무렵이었다. 먼 거리 제실까지 몇 번이나 버스를 갈아타고 가서 하룻밤 묵고 오는 일은 중요한 연례행사였다. 해가 거듭될수록 문중일 여러 가지가 아버지의 손에서 해결되었고 문중에서의 아버지 입지는 단단해졌다. 항상 넉넉한 품으로 주변 사람들을 배려하는 아버지의 성품을 다들 좋아했으므로. 돌이켜 보면 그 무렵은 아버지가 가장으로서뿐만 아니라 문중의 책임감 있는 어른으로 견고하게 자리매김하던 시절이었다.

*

스물두 살 청년 김○○ 씨가 한 번도 본 적 없는 열여덟 살 소녀 성○○을 신부로 맞이하게 된 것은 순전히 시대 탓이었다. 일제강점기 막바지 무렵, 젊은 청년들은 징용으로, 십 대 소녀들이 위안부로 끌려가던 때였다. 위안부로 가지 않으려고 얼굴도 모르는 남자와 벼락치기 결혼을 한 성○○은, 한 달도 못 되어 땅 꺼질 듯 한숨을 쉬어야 했다. 신랑 김○○이 징용 대상자라는 것을 알게 된 것이다. 그해 가을, 신랑이 생사를 기약할 수 없는 길을 떠나는 날, 어린 아내는 굳게 다짐했다. 무조건 10년은 기다려 봐야겠다고.

해방되고 한참이나 지난 후, 기적적으로 살아 돌아온 김○○을 기다리고 있는 것은 가난과 아내뿐이었다. 그 이후로도 이들 부부는 생사를 넘나드는 고비들을 여러 번 넘겨야 했다. 김○○은 징용에서 돌아온 후 또다시 군대를 가야만 했다. 아마 6 · 25 전쟁이 끝나고 몇 해 후, 늦은 나이에 군대에 가지 않았나 싶다.

내 유년기 최초의 기억이 아버지의 군복 입은 모습인 것을 보면. 험한 세월 속에서 살림을 시작한 이들 부부는 밤낮을 모르고 열심히 일했고 1녀 4남의 부모가 되었다.

맏이이자 고명딸인 나는 아버지를 정답게 "아버지"라고 불러보지 못한 채 성장했다. 늘 일하느라 바쁜 아버지는 자식들을 살갑게 대해줄 여유가 없었다. 나 역시 일찍 철이 든 편이라 부모님 속을 썩인 적은 없지만 그리 살가운 편이 못 되었다. 아버지 대하기를 항상 어색해했던 까닭에 길 가다가 아버지를 만나면 민망해할 만큼 아버지를 어려워했다.

먼 훗날 내가 아버지와 끈끈한 정을 나눈 그 3개월 남짓한 시간은, 아버지의 90평생 인생 소설 중, 마지막 페이지 몇 줄에 해당하는 시간일 것이다. 그래도 그 소중한 3개월 동안에 있었던 사연은, 생각할 때마다 흐뭇한 미소를 짓게 한다.

*

비가 언제 그칠까! 다들 초조해하고 있는데, 내 핸드백에서 전화벨이 울렸다.

"여보세요."

"아, 누님, 저 오늘 암만해도 못 갈 거 같은데요. 집사람이 지금 병원에 있어서요. 제가 사진 한 장 보냈으니 보시고 사정을 이해해 주세요."

서울 사는 큰동생의 전화였다. 카톡으로 온 사진은 다리 깁스를 하고 누워 있는 큰올케 사진이다.

"큰형이 못 온대요?"

"이 사진 좀 봐. 올 수 없었겠지."

"그래도 큰형 집에서 한 사람이라도 와야지."

"그거야 형편대로 해야지. 꼭 그래야 한다는 법은 없잖아."

동생들의 투정을 받아주고 있는데, 제실 여기저기를 둘러보고 있던 남편이 말했다.

"빗줄기가 많이 가늘어졌네. 처남들 어서들 일어나 가보세."

"그럽시다. 집에 들러서 한번 살펴보고 가야지."

"그래 서두르자고."

다들 한마디씩 하며 자리에서 일어났다.

몇 군데 녹슬어 있는 철제 대문이 삐걱 소리를 내며 열렸다. 시멘트로 포장된 마당 여기저기에 널브러진 나뭇가지들이며, 텃밭 비닐하우스 지붕이 다 찢어진 채 젖어 있었다. 비에 흠뻑 젖은 화단이 더없이 처량해 보였다. 옛날에 내가 심었던, 화단 가장자리 수선화도, 그 옆에 서 있는 목련 나무도 꽃송이가 다 져 버린 채 쓸쓸하게 우리를 맞아주었다. 화단을 뒤덮고 있는 잡초 속에서 홍도화 나무가 붉은 꽃송이를 촘촘하게 달고 있는 것이 그나마 위안이 되었다. 어머니가 특별히 아끼던 나무여서일 것이다.

주방이랑 안방은 얼마 전에 내가 다녀가면서 정리해 둔 그대로 말끔했다. 남편과 나는 계절마다 한두 번씩은 들러 집을 정돈해 놓고 갔다. 남편은 가끔 자동차에 예초기를 싣고 달려와서 잡초들을 정리해 주었다. 마을 한복판에 있는 집이 폐가처럼 보이지 않게 하는 것이 돌아가신 부모님 체면을 세워주는 일 같아서였다.

나는 주방 먼지들을 닦고 가스레인지에 찻주전자를 올렸다. 여름 장마 때 물길이 막히지 않도록 도랑을 치우고 나뭇가지들을 한곳으로 모아놓는 등 바쁘게 움직이고 있는 동생들을 향하여 소리쳤다.

"다 치웠으면 커피 한 잔씩 해."

남편이 제일 먼저 오고 동생들도 뒤따라와서 식탁 앞에 앉았다.

"와! 커피 맛이 기가 막히네. 비 오는 날 고향집에서 마시니까 더 그런가?"

"아버지 제삿날 커피라서 그런가 보네."

"예전 같으면 제삿날에 웬 커피? 온갖 음식 준비하느라 엄청 북적거렸을 텐데."

"그러게 말이야, 세상 참 많이 변했지."

다들 맞장구치듯 한마디씩 했다. 그때 셋째 동생이 정색을 하고 물었다.

"누님, 나는 암만 생각해도 아버지가 돌아가시기 전 세례 받으셨다는 것이 이해가 안 돼요. 어떻게 그럴 수 있지? 그리고 제사를 그렇게 중요시했던 아버지 기일을 이렇게 보내는 것도 왠지 마음에 걸리고요."

오랫동안 외국 생활을 하다가 최근에 돌아온 셋째로서는 그럴 만하다고 생각하고, 나는 아버지의 마지막 3개월간의 이야기를 자세히 들려주기로 했다. 아버지 입원 중에도 못 찾아뵙고 장례식 때만 잠깐 다녀가느라 미안해하던 셋째의 마음이 풀렸으면 좋겠다 싶었기 때문이다.

*

그날 아버지가 길에서 넘어진 것은 퇴원한 지 얼마 안 되어서였다. 한 달 전 병원에서 퇴원한 아버지는 기력이 없다며 이젠 면소재지 노인당에 그만 다니겠다고 했다. 봄이라고는 해도 쌀쌀했던 일요일 아침, 나는 어머니의 다급한 전화를 받았다.

"딸, 네 아버지 좀 말려봐라. 오늘 쌀쌀한데 면소재지 노인당에 가겠다고 저러는구나. 날씨도 그렇고 안 될 것 같은데. 나는 오늘 교회에 가야 해서 같이 따라갈 수도 없고."

"아버지 바꿔주세요."

"나다. 왜."

"아버지. 오늘 밖에 나가시면 안 돼요. 아직 혼자 외출하시는 것은 위험하세요."

"내 걱정하지 말거라, 오늘 노인당 친구들 점심 한 끼 사주고 올란다. 오늘 기분 괜찮을 때 갔다 오려고. 그러니 염려할 것 없다."

"그럼 조심해서 다녀오시고 일찍 집에 오셔야 해요."

나는 불안했지만 워낙 의지가 강한 분이니 잘 다녀오리라 믿었다. 그러나 그날 아버지의 외출은 당신의 두 발로 걸을 수 있는 마지막 행보가 되고 말았다. 아버지가 노인당 친구들에게 점심을 대접하고 귀가하는 길이었다. 집에서 면소재지까지의 그 길, 수십 년 동안을 날아다니듯 걸어 다녔던, 고작 1km쯤 되는 길이었다. 하지만 오랜 세월 희로애락을 나눴던 친구들과 마지막 인사를 나누고 돌아오는 90세 노인의 심정이 오죽 서글펐을까.

지팡이에 의지해서 힘겹게 걷고 있는 노인 곁으로 대형 트럭 한 대가 무서운 속도로 달려 지나갔다. 비척거리던 노인의 발걸음이 중심을 잃었다. 마치 뿌리 헐거워진 노목이 강풍에 쓰러지듯 노인은 쓰러졌고, 아버지의 마지막 외출은 마침표를 찍었다. 아버지가 외출할 때마다 갖춰 입던 양복과 코트, 진회색 중절모, 그리고 매끈한 검정색 지팡이는 그날 이후로 무용지물이 되어

버린 것이다.

　온몸이 마비된 아버지, 다시 J시에 있는 우리 집 근처 병원에 입원했지만 겨우 말씀만 할 수 있을 뿐, 수저를 들 수조차 없었다. 넘어진 채 너무 오랫동안 그대로 있었기 때문이다. 만약 지나가던 이웃 마을 아저씨가 발견하지 못했더라면 그대로 객사할 뻔했다니. 젊은 시절 장군이라는 별칭을 듣던 아버지는 누구보다도 강인한 체력을 갖고 있었다. 입원이라고는 얼마 전 Y병원에 3주 동안 계신 것이 전부였다. 다들 흔히 있는 노환 정도로만 알고 있었고, 퇴원 후 빠른 회복을 보였기에 어느 정도 안심하고 있었다. 그러나 아버지는 알고 있었던 것 같다. 자신의 인생 여정이 끝 지점에 다다랐다는 것을.

　재입원한 아버지를 위해 내가 할 수 있는 것이 무엇일까. 병원에서 지내는 동안 유쾌하게 해드리는 게 최선일 것 같았다. 나는 되도록 식사시간에 맞춰 병원에 가서, 진지를 떠 넣어 드리며 나름대로 애를 썼다. 얼굴을 닦아드리고 머리를 빗겨드리면서 70대로 보인다고 하면 아버지는 빙긋 웃었다. 다행히 외상 치료가 잘되고 기력 회복도 웬만큼 되어가는 것을 보면 안심이 되다가도, 내 마음 깊은 곳에서 울려오는 음성은 '아버지의 시간이 얼마 남지 않았다.'였다. 나는 아버지의 천국여행 준비를 서둘러야겠다는 생각을 동생들에게 알리고 한 가지씩 준비를 해갔다.

　아버지 기분이 좋아 보이는 어느 날, 휠체어에 아버지를 모시고 병원 9층에 있는 예배실로 갔다. 그러고 나서 조심스럽게 말씀드렸다.

"아버지, 사람은 누구나 한 번은 이 세상을 떠나잖아요. 그게 언제일지는 모르지만. 아버지도 나중에 천국으로 가셔야죠. 그러니 하나님을 믿으세요."

평소 교회를 별로 좋아하지 않는 아버지가 어떻게 받아들일지, 아버지 표정을 살피며 찬송가 '주 안에 있는 나에게 딴 근심 있으랴'를 나지막하게 불러드렸다. 아버지의 반응이 의외였다. 거부감을 나타내지 않을 뿐만 아니라, 며칠 후에는 내가 불러드리는 짧은 기도문을 따라 할 만큼 호의적이었다. 그 병원에서 지내는 동안 내 기도의 제목은 오직 한 가지, 내 아버지로 사신 한 인간의 90평생이 정말 복되게 마무리되기를 간절히 바랄 뿐이었다. 간간이 보이는 어린아이 같은 아버지의 표정은 영원한 곳으로 돌아갈 채비를 마친 천진스러운 아이 그 자체였다.

장기 입원이 가능한 요양병원으로 거처를 옮기고 서둘러 아버지의 세례식을 갖게 되었다. 세례를 받게 되면 장례식도, 제사도 다 기독교식으로 해야 하고 제사상을 안 차릴 거라고 말씀드렸더니 고개를 끄덕이셨다. 아버지 세례식에 함께 하기 위해 어머니가 택시를 타고 먼 거리를 달려왔다. 내 권유로 늦은 나이에 교회에 다니기 시작한 어머니는 확신에 찬 신앙생활을 해왔고,

아버지는 그 사실을 못마땅해하던 터였다. 병실에 도착한 어머니는 아버지 손을 붙잡고 말했다.

"영감, 잘 생각했소. 어차피 누구나 한 번은 가는 것이니 세례받고 천국에 가야지. 참말로 잘 생각했소."

어머니의 떨리는 목소리에 아버지는 고개만 끄덕였다. 목사님이 도착하기 전 나는 아버지 얼굴을 닦아드리고 머리도 곱게 빗겨드리면서 말했다.

"우리 아버지 최고, 우리 아버지 미남."

손가락을 치켜들었다. 하나뿐인 딸이 아버지께 보여드린 최고의 애교였을 것이다. 처음으로 보는 나이 든 딸의 엉뚱한 몸짓에 아버지는 희미한 미소를 지으며 "다 되었다."라는 혼잣말을 했다.

우리 교회 목사님 두 분이 왔다. 시간이 촉박한 병상 세례지만 간단한 세례 문답이 있었다.

"어르신, 천지 만물을 만드신 분이 하나님이시고 예수님이 그 아들이신 것을 믿으십니까?"

"예, 믿어요."

"사람은 누구나 한 번은 죽게 되는데, 우리가 예수를 믿으면 천국 간다는 것을 믿으시면 '아멘' 하십시오."

"아멘."

뜻밖이었다. 아버지 목소리가 어찌나 우렁찼던지 그 방에 있는 사람들이 다 신기해했다. 이 땅에 태어나 90년에 걸쳐 덧입혀졌던 아버지 인생의 모든 무게와 허울이 사라지는 순간이었다. 5남매의 아버지라는 무게도, 김○○이라 불렸던 이름도 다 내려놓고, 90년 전 아기로 태어날 때처럼 순수한 영혼으로 되돌아간 장면이었다. 집례를 하던 목사님도 놀랐고 나와 어머니는 연신 흘러내리는 눈물을 닦아냈다. 그 병실에 있던 다른 환자의 보호자가 말했다.

"세상에! 어르신이 세례 받으려고 여태 기다리셨나 보네."

그 보호자 말은 곧바로 맞아떨어졌다. 목사님들이 가고 나서 한 시간도 못 되어 아버지는 깊은 잠에 빠졌다. 상기된 낯빛으로 굵은 땀을 흘리며 잠든 모습이 심상치 않았지만 병원 직원들은 며칠은 더 견딜 거라고 했다. 저녁이 되자 어머니가 말했다.

"내가 아버지 곁에 있으니 걱정 말고 집에 가서 좀 쉬었다 오거라. 우리 딸이 너무 피곤해 보인다."

집에 가서 뒤척이다가 어렴풋이 잠이 들었다. 어머니의 숨 가쁜 전화를 받은 것은 자정이 조금 넘어서였다. 서둘러 병원에 당도했을 때, 간호사가 아버지에게서 산소 호흡기를 떼어내고 있었다. 나는 호흡을 멈춘 아버지 얼굴을 만져드리고 눈을 쓸어 감기며 '아버지~!' 하고 애절하게 부르는 것으로 마지막 인사를 드렸다.

"아까 초저녁에는 일어나 앉아서 나를 한참이나 쳐다보다가 빙긋이 웃고는 눕기에 별일 없을 줄 알았는데 이렇게 급작스럽게 가셨구나."

어머니의 울먹이는 목소리를 듣고 '아버지가 복된 임종을 하셨구나.' 싶어 감사했다. 멀리서 달려오고 있는 동생들에게 고향에 있는 장례식장에서 만나자고 전화로 일러두고 나는 아버지 짐을 챙겼다.

*

내 이야기를 다 듣고 난 셋째가 궁금증이 풀린다는 듯 말했다.
"나는 우리 아버지가 그렇게 달라지실 줄은 몰랐는데 그럴 수도 있나 봐."
"그게 금방 된 일은 아닐 거야. 아마 아버지 속마음은 진즉부터 사후 문제, 제사 문제를 고민하셨을 거야. 그러다가 막판에 기적적인 반전을 보이신 거지."
"아무튼 부모님 기일을 이런 식으로 지내는 것이 자식들한테는 엄청 편리한 일이긴 하죠."
"만약 그렇지 않았다면 올케들도 직장에 휴가 내서 와야 하고, 제사상 차리려면 힘들고 얼마나 번거로울까. 우리 부모님이 자식들한테 큰 선물 하고 가신 거지."
갑자기 생각 난 듯 막냇동생이 물었다.

"그나저나 큰집 제사들은 다 어떻게 된 거죠?"

"장손이 외국으로 이민을 갔는데, 누가 책임질 사람이 있어야지. 그래서 일 년에 한 번 합동으로 지낸다는데 그것도 간단하게 하는 모양이야."

집안일에 소식통인 둘째가 알려주자 한마디씩 했다.

"옛날에 그렇게 잘 차리던 큰집 제사상 생각하면 말이 안 되는 일이네."

"할 수 없지 뭐. 제사가 다 살아 있는 사람들 형편대로 하는 것이지, 제사상을 잘 차린다고 조상들이 직접 잡수시는 것도 아니고, 제사의 의미라는 게 조상님 돌아가신 날 자손들이 한자리에 모여 우애를 다지고 가문의 뿌리를 잘 지켜내는 데 있지 않을까? 혹여 제사 때문에 부담스러워한다거나 서로 낯붉히는 일이 생긴다면 잘 차린 제사상이 무슨 의미가 있겠어. 우리가 지금 잘하고 있는 거야. 안 그래?"

내가 이렇게 말하자 다들 침묵으로 동의했다.

"커피 다 마셨으면 아버지 어머니께 인사하고 식사하러 가야지."

내가 먼저 일어나 안방으로 갔다. 벽에 걸린 액자 안에서 나란히 미소 짓고 계시는 아버지 어머니 사진 앞에 서 있자 어느새 동생들도 옆에 섰다.

"자, 한목소리로 인사를 드리는 것이 좋을 텐데."

부모님의 하나뿐인 사위가 말했다.
"그럽시다, 그럼. 다 같이."
"아버지, 어머니, 저희들 왔다 가요. 집도 잘 치워놓았으니 걱정 마시고요. 곧 다시 올게요."

친정 부모님 기일에 홍동백서, 어동육서, 좌포우혜 등 형식을 갖춰 목기에 수북수북 음식을 쌓아놓는 제사상, 우리에겐 앞으로도 없을 것이다. 대신 꽃다발 들고 산소에 찾아가 인사드리고, 부모님과 함께 살았던 집을 정돈하고, 부모님과의 추억이 깃든 식당에 가서 형제끼리 유쾌한 식사를 하고 헤어지는 모습. 만약 부모님이 직접 보실 수 있다면 빙그레 웃으실 것 같다.
'쾅' 소리가 나게 대문을 닫고 고향집을 나섰다. 우리 형제들은 바닷가 횟집에서 같이 점심을 먹기로 하고 각각 자동차에 올랐다. 비는 완전히 그쳐 있었다.

휴대폰 알람이 계속 울렸다. 새벽녘에야 겨우 잠들었던 나는 떠지지 않는 눈을 비비며 일어났다. 아침 8시. 세수를 하고는 바로 컴퓨터를 켰다. 만약 영화관 좌석이 얼마 남지 않았다면 어떻게든 티켓 예매에 도전해 볼 생각이었다. 영화관 사이트에서 회원 가입하고 티켓 구입까지, 내 시원찮은 컴퓨터 실력으로는 쉽지 않은 일이다. 그래도 시도해 봐야지 생각했다. 하지만 컴퓨터 화면엔 빈자리가 많이 남아 있었다. 영화관에 도착한 다음, 현장 구매를 해도 될 것 같아 다행이다 싶었다. 그러면서도, '티켓이 더 많이 팔렸더라면 좋았을걸.' 아쉬운 마음도 들었다.

내 최애 가수 L의 콘서트 실황을 그대로 만든 영화다. 전주까지 가서 봐야 하나 말아야 하나 며칠이나 고민했다. 가서 봐야겠다고 마음먹은 건, 어젯밤 티켓 판매 현황을 확인하고 나서였다.

생각 외로 저조한 판매 실적이 걱정되었다. 작년 전국 투어 콘서트 때, 매표 시작 3분 만에 완판됐던 걸 생각하면 말이 안 된다. 나 한 사람이라도 가서 빈자리를 채워줘야겠다고 마음먹었다. L을 위해서라면 그 정도 성의는 표하는 게 도리일 것이다. 하지만 나이 든 여자 혼자 다른 지역까지 가서 영화를 본다는 게 너무 쓸쓸해 보이지 않을까 싶었다. 전주 옛 지인들에게 전화를 걸었다. 다들 이유를 대며 거절했다. 손주 챙겨야 해서, 다른 약속이 있어서, 병원에 가야 해서……. 나는 떠나온 지 7년이면 짧은 세월은 아니라고 이해는 했지만, 눈에서 멀어지면 마음도 멀어진다는 게 틀린 말이 아니구나 싶었다.

　빵과 우유로 아침을 챙겨 먹고, 익산 친구 신옥에게 전화를 걸까 생각해 봤다. 편찮으신 친정어머니 모시느라 애쓰는 옛 친구에게 색다른 콧바람을 쐬어주는 것도 괜찮을 듯싶었다. 그런데 록 음악 영화라고 말하면 그녀가 뭐라고 할지, 만약 싫다고 하면 어쩌나, 잠시 망설였다. 초등학생 때부터 가깝게 지낸 친구였지만, 결혼 후로는 두 사람 다 너무 바쁘게 사느라 드물게 한 번씩 만났다. 얼굴 본 지 3년이나 되었으니 겸사겸사 한번 만나보고 싶다는 마음이 앞섰다. 신호 두 번 만에 그녀가 전화를 받았다.

　"강신옥, 오늘 시간 되면 전주에서 한번 만날까? 젊어지는 샘물 마셔보게."

　"젊어지는 샘물이라고? 그래, 한번 보자."

"오후 2시에 전주 롯데백화점으로 올래?"

"청자야, 그렇잖아도 너를 한번 만나고 싶었는데 잘됐다."

나는 신옥의 밝은 목소리에 안심하면서 곧바로 휴대폰에서 코레일 앱을 클릭했다. 금요일이라서 만약 자리가 없으면 어떡하나, 예상했던 대로 빈자리는 몇 개 없고 창가 쪽 좌석은 아예 없었다. 통로 쪽 좌석을 경로우대로 예매했다. KTX 순천역 10시 44분 출발, 11시 38분 전주역 도착이다. 만약 코레일 앱을 설치하지 않았더라면 표를 구하기 어려웠을 텐데, 진즉에 앱을 설치해 준 막내딸이 새삼 고마웠다.

일찍 가서 영화 티켓부터 구입한 다음, 백화점에 들러 적당한 봄 코트가 있는지 둘러볼 요량이었다. 마음에 드는 거 있으면 돌아올 때 사 가지고 오는 상상을 하다가, 정작 오늘은 뭘 입을까 고민되었다. 최대한 젊은이 차림새로 가야 하는데……. 딸의 방에 있는 옷장에서 흰색 바탕에 검정색 체크무늬 모직 재킷을 찾아냈다. 막내딸이 대학생 때 즐겨 입던 롱 재킷이다. 재킷이라고는 해도 남방셔츠 비슷한 헐렁한 디자인이어서 나이 든 내가 입어도 그리 어색하진 않을 것으로 보였다.

작년 L의 부산 콘서트 때, 브로치 장식이 있는 자주색 정장을 입고 갔다가 불편했던 상황이 떠올랐다. 풋풋한 기운 넘치는 청춘들 잔치에 어울리지 않는 내 차림새, 꼭 꾸어다 놓은 보릿자루 같다는 생각을 몇 번이나 했다. 그때 알았다. 좋아하는 가수의 팬이라면 콘서트에 가면서 차림새까지도 그 가수를 돋보이도록 신경 써주는 게 예의라는 것을. 오늘은 현장에 어울리는 차림새로 록 콘서트 열기를 마음껏 즐겨보리라 생각했다.

검정색 티셔츠에 체크무늬 롱 재킷, 꽉 끼는 청바지, 베이지색 마스크와 뿔테 안경, 검정색 크로스백을 메고 거울 앞에 섰다. 거울에 비친 젊은이 복장이 낯설긴 해도 그리 어색하진 않았다. 그런데 흰머리 섞인 단발 파마는 누가 봐도 시니어 스타일이다. 테두리 있는 자주색 모자를 써보았다. 즐겨 쓰는 모자지만 오늘 옷차림과는 어울리지 않는다. 다시 딸의 옷장을 뒤져 챙 넓은 검정색 모자를 찾아서 썼다. 머리뿐만 아니라 눈가 주름까지도 가려주는 것 같아 흡족했다. 옷치장을 마치고 흰색 운동화를 신은 다음 시계를 봤다. 기차 출발시간 30분 전, 서둘러야 했다. 휴대폰을 켜서 카톡 택시를 불렀다.

*

7호차 8B, 내 좌석을 확인하고는, 노트북에 몰두하고 있는 청년 옆자리에 앉았다. 그리고 차 탈 때마다 습관처럼 하는 기도문을 외웠다. 오늘도 이 기차가 안전 운행 할 수 있기를, 오늘 만나는 모든 이들과 좋은 시간 보낼 수 있기를, L의 영화가 흥행하기를……. 기도를 마친 나는 간밤에 설친 잠을 보충할 요량으로 눈을 감았다. L의 최신 노래를 속으로 읊조리면서 잠을 청했지만 잠이 안 온다. 오히려 의식이 또렷해지면서 L의 노랫말들이 연달아 떠올랐다. '시인도 아니면서 이렇게 독특한 가사들을 생각해 내다니 L은 참 대단한 뮤지션이야.' 생각하고 있는데 승무원이 나에게 다가왔다.

"검표하겠습니다."

나는 얼른 휴대폰을 켜서 승차권을 보여주었다.

"죄송하지만 신분증 좀 보여주시겠어요."

나는 휴대폰 케이스에 꽂혀 있던 주민등록증을 꺼내 주었다. 승무원이 고개를 갸웃하면서 본인이 맞느냐고 물었다. 나는 모자와 마스크를 벗어 보이며 고개를 끄덕였다.

"됐습니다."

말하고 가는 승무원을 쳐다본 나는 의아했다. 다른 사람 아무도 검표를 받지 않는 것 같기 때문이다. 왜 하필 나만 검표를 당하는지 창피하다는 생각을 하다가, 얼마 전 서울행 기차 안에서 보았던 민망한 장면이 떠올랐다. 내 앞 좌석에 앉아 있던 젊은 여자가 경로우대 표를 사서 앉았던 모양이다. 10배의 벌금을 요구하는 승무원과, 그 여자의 옹색한 변명이 오갔던 게 생각났다. 나는 '오늘 내가 너무 젊어 보였나?' 싶어서 기분 좋게 다시 눈을 감았다. 얼마쯤 지나자 안내 방송이 아련하게 들려왔다. "우리 기차는 곧 남원역에 도착합니다."

"여기 제 자리인데요."

낯선 여자 목소리에 눈을 떴다. 여러 사람이 통로를 지나가고 있었고, 내 옆에는 진회색 패딩 코트 차림의 젊은 여자가 서 있었다. 나는 잠이 덜 깬 목소리로 물었다.

"여기 어디죠?"

"전주역인데요."

창밖을 보자 전주역 표지판이 눈에 들어왔다. 나는 몽롱했던 정신이 번쩍 깨면서 용수철처럼 일어났다. 그 여자가 내 자리에 앉고, 나는 급하게 객실을 나가려다가 멈췄다. 다른 사람들이 더 객실로 들어오고 있는데 기차가 달리기 시작했기 때문이다.

"어머, 어떡해!"

내 머릿속이 바빠졌다. 익산역에서 내린 다음, 다른 기차로 전주역으로 되돌아와야 하나, 익산역에서 전주 영화관까지 택시를 타고 가야 하나 판단이 서지 않았다. 그보다 더 시급한 문제는 승무원이 다시 검표를 하면 어쩌나 싶었다. 만약 무임승차라고 몰아세우면 벌금을 내야 할 것이다. 그렇다고 '조느라고 못 내렸어요. 한 번만 봐주세요.' 구구절절 변명한다는 건 너무 창피한 일이다. 익산역까지는 20분이면 되니까 화장실이나 식당 칸으로 가 있을까, 얄팍한 생각을 해봤다.

객실을 나와서 화장실 문을 두드렸다. 안에서도 누군가가 똑똑 두드린다. 식당 칸으로 가볼 생각도 들었지만 몇 호차인지 몰랐다. 누구한테 물어보기도 그렇고. 더군다나 식당 칸을 찾아가다 승무원을 마주치면 안 될 일이었다. 나는 승강문 옆 간이석에 앉아서 궁리했다. 승무원을 찾아서 사실대로 말하고 연장 요금을 낼까. 들키지만 않는다면 그냥 있다가 익산역에서 내릴까 궁리하는데, 전화 통화를 하면서 객실에서 나오고 있는 남자를 보았다. '오, 바로 저거다.' 나는 얼른 휴대폰을 꺼내 들고 통화하는 척하려는데 7호차 문이 열리면서 승무원이 나왔다. 아까 그 승무원인 것 같다. 승무원이 힐끗 나를 쳐다보았다. 나는 엉겁결에 승무원을 불렀다.

"저기요."

"혹시 어디 불편하십니까?"

"아, 아닙니다."

나는 이실직고하려던 생각을 금방 바꾸고 휴대폰을 만지작거렸다. 승무원이 뭐라고 할듯하다가 8호차 문을 열고 들어갔다. 나는 가슴을 쓸어내렸다. 기차는 익산 시내로 진입하고 있었다.

서둘러 익산역에서 내린 나는 타는 곳 벤치에 앉았다. 잔뜩 긴장했던 마음을 진정시키고 전주행 기차 시간을 확인했다. 13시 10분 출발 무궁화호가 있었다. 기다렸다가 타고 가도 오후 2시쯤이면 영화관에 도착할 수 있을 것이다. 타는 곳 자리를 옮긴 나는 자판기 캔 커피 하나를 뽑아 들고 승객 대기실로 들어갔다.

중절모를 쓴 남자 두 명이 벽걸이 텔레비전을 보면서 이야기를 나누고 있었고, 붉은색 털실 모자를 쓴 노파가 자잘한 꽃무늬 가방을 안은 채 졸고 있었다. 나는 캔 커피를 따서 단숨에 마신 다음, 기차표를 구매했다. 전주역이 아닌 남원역까지다. 남원에 가려는 게 아니다. 익산역에서 전주역까지는 1,800원, 전주역에서 남원역까지도 1,800원이다. 전주와 남원 간의 요금은 아까 전주에서 익산 간 외상 승차에 대한 갚음인 것이다. '이 정도면 양심에 걸릴 건 없겠지.' 나는 찝찝했던 기분을 털어내고, 유튜브에 올라온 L의 영상들을 검색했다. 본인의 영화 '도킹'을 소개하는 L의 모습을 보면서 영화 보러 나서길 잘했다고 생각했다.

기차는 10분 일찍부터 대기하고 있었다. 익산에서 여수까지만 운행하는 두 칸짜리다. 기차를 타려는 사람들이 에스컬레이터를 타고 내려오고 있었다. 텔레비전을 보던 중절모 남자들이 일어나서 밖으로 나갔다. 나도 일어나서 나가려다가, 졸고 있는 노파를 깨워주었다. 내 기척에 눈을 뜬 노파가 안고 있던 가방을 등에 메는 것을 보고 나도 대기실 밖으로 나갔다. 그런데 이게 웬일인가. 방금 에스컬레이터에서 내린 그녀, 큰 키에 잘 어울리는 물결펌 머리의 멋쟁이 여자가 걸어오고 있었다. 놀랍게도 신옥이었다. 나는 놀란 기색을 감추고 태연하게 신옥에게 다가갔다.

"와아! 강신옥, 반갑다!"

그녀가 당황한 표정으로 나를 쳐다봤다. 나는 모자랑 마스크를 벗으며 "나야, 청자." 말하고는 씨익 웃었다.

"아니, 김청자! 너무 젊어져서 못 알아볼 뻔했네. 근데 우리 전주에서 만나기로 한 거 아니었어?"

"그랬지, 그런데 너를 빨리 보고 싶어서 내가 익산까지 와버렸어."

"그래! 고맙다. 몇 호차야?"

"2호차 17번."

"나도 2호차야. 일단 타고 나서 자리를 어떻게 해보자. 그런데 텔레파시가 통했나. 내 차로 운전해서 가려다가 갑자기 생각이 바뀌었거든. 왠지 기차 타고 싶더라니."

신옥의 너스레에 내 기분이 둥실거렸다.

기차 객실은 한산했다. 내 옆자리도 신옥의 옆자리도 비어 있었다. 신옥이 내 옆 좌석으로 자리를 바꿔 앉았다. 소곤소곤 이야기꽃을 피우고 있는 우리 두 사람에게 승무원이 와서 내 옆자리는 비어 있어야 맞다고 했다. 신옥이 차표를 보여주며 사정을 말하자 승무원은 고개를 끄덕이고 갔다.

"무임승차 하는 얌체족들 때문에 단속하나 봐. 첨단 시스템으로 다 살피고 있을 텐데, 공짜 좋아하는 사람들이 그냥 탔다가 망신당하는 경우가 가끔 있는 모양이야."

나는 오전에 승무원에게 신분증 보여준 일을 말하며 웃었다.

"그래도 기분 좋았어. 내가 좀 젊어 보였다는 거잖아."

"나 같아도 기분 좋았겠다. 그런데 웬 대학생 차림이야?"

"참, 신옥이 너도 알지. 전에 J방송국 오디션 프로그램에서 독특한 제스처로 화제를 모았던 가수. 실은 오늘 그 가수 록 음악 콘서트 실황을 영화로 상영하는데 너랑 같이 가고 싶었어."

"어머! 영화라면 순천에서도 볼 수 있을 거 아냐?"

"순천에는 그 영화 상영하는 곳이 없어. 아무튼 그 덕에 우리가 이렇게 만나고 좋지 않니?"

"그렇긴 하다. 나도 전주 나들이 오랜만이야. 사실 엄마 때문에 장거리 외출이 쉽지는 않아. 도와주시는 분한테 오늘은 늦게까지 있어 달라고 했어. 무슨 일 있으면 근처에 사는 막내 이모가 달려올 테고."

"아, 너랑 자매처럼 지낸다는 숙희 이모."

"맞아, 그 이모가 엄마한테는 딸 같은 동생이거든. 내가 이모 덕 많이 보고 있지."

"아무튼 너 얼굴 보니까 좋다. 이게 다 L 덕분이고."

둘이서 쉴 새 없이 이야기하는 동안 기차는 금세 전주역에 도착했다. 우리가 택시로 롯데백화점에 도착한 시각은 오후 2시 7분. 아침에 약속한 시간에 얼추 맞게 온 셈이다.

"청자야, 우리가 약속했던 것보다 일찍 만난 게 너무 좋다. 내가 승용차 대신 기차 탈 생각을 한 것도, 우리가 록 가수 영화를 보러 온 게 너무 신기해."

"신기하지. 우선 영화관으로 가자. 좋은 자리 앉으려면 티켓을 먼저 사야 하니까."

우리는 영화관 전용 엘리베이터를 탔다. 우리 외에도 젊은이 몇 사람이 7층에서 내렸다.

*

영화관 분위기는 몇 해 전과는 사뭇 달라져 있었다. 이리저리 둘러봐도 매표창구나 직원이 보이지 않았다. 젊은이들 몇이 자동발매기 앞에서 표를 구입하는 걸 보고 나도 발매기로 표를 사야겠다고 생각했다.

"신옥이 너 화장실 안 가도 돼?"

"그렇잖아도 조금 급해."

신옥이 자리를 뜨자 나는 혼자 힘으로 티켓을 구입해 보고 싶었다. 영화관을 자주 가는 편도 아니고, 갈 때마다 동행한 사람들이 다 알아서 해주었기 때문에 자동발매기로 직접 표를 구입해 본 적은 없었다. 게다가 몇 년 만에 온 이곳 롯데시네마 분위기 또한 낯설어서 살짝 겁도 났다. 하지만 나는 당당한 모습을 신옥에게 보여주고 싶었다.

천천히 문자 지시를 따랐다. 영화 제목 '도킹', 수량 2장, 상영 시간 오후 3시 10분……. 차례대로 누르니 별로 어렵지 않았다.

그런데 가격이 이상했다. 46,000원이라니, 왜 이렇게 비싼 거야, 경로우대는 안 되나? 싶어 처음부터 다시 터치해 봐도 똑같다. 나는 얼른 생각을 고쳐먹었다. 일반영화보다는 비싸지만 콘서트 티켓에 비하면 별거 아니지 생각하고 결제하기를 눌렀다. 잘 안되었다. 카드 투입구를 찾는데 보이지 않는다. 여기저기 카드를 넣어보다가 간신히 투입구를 찾아 카드를 넣자 카드만 쏙 들어가고 표도 카드도 나오지 않았다. 46,000원을 결제하라는 지시어는 계속 뜨고 마음은 급했다.

"이거 어떡해! 티켓도 카드도 안 나와서."

내 다급한 목소리에 옆 기계 앞에 서 있던 청년이 다가왔다. 그 청년이 카드 투입구에 손가락을 넣어 카드를 잡아 **빼주고는** 다른 기계를 사용해 보라고 했다. 그런데 옆에 있는 기계는 하필 영어로 되어 있었다. 영어로 뜨는 지시어가 빨리 눈에 들어오지 않았다. 여전히 애쓰고 있는데 "도와드릴까요?" 상냥한 목소리가 들렸다. 중년 초반으로 보이는 여자다. 그녀는 생글거리는 얼굴로 "L 팬이시죠? 정말 반가워요."라며 친절하게 도와주었다. 티켓 2장이 나왔다. 신옥이 화장실에서 나오기 전에 해결돼서 다행이었다.

"오랜만에 영화관에 왔더니 직원도 없고, 우리 같은 시니어들은 불편하네요."

내 변명에 그녀가 무안하지 않게 응수해 주었다.

"저도 기계를 어려워해서 불편해요. 그런데 요즘은 뭐든 자동화 시스템이라서 어쩔 수 없이 따라가는 거죠."

연신 생글거리는 그녀의 친절에 나는 마음이 놓여서 말을 걸었다. 나이에 맞지 않게 L을 좋아하다 보니 순천에서 여기까지 영화 보러 왔다고 하자, 그녀는 대전에서 왔다고 했다. 대전에서도 상영하는데 전주 친구들이랑 같이 보려고 일부러 왔다며 작년엔 L의 올콘을 보려고 여섯 개 도시를 가봤다고도 했다.

"그러시구나. 하긴 저도 부산 공연 때 가서 보긴 했는데 굉장하더라고요."

"와우! 능력자시네요. 티켓 구하기 정말 어려웠는데."

"제 실력으론 꿈도 못 꾸죠. 막내딸이 해결해 줬어요."

나는 그녀와 이야기를 주고받느라, 신옥이 옆 테이블 의자에 앉는 것도 몰랐다. 이야기에 열중하는 두 사람에게 신옥이 가방에서 쿠키와 귤을 꺼내놓았다. 나는 처음 보는 사람과 담소 나누며 간식을 나눠 먹는 이 즐거움 역시 L 덕분이라는 생각이 들어 흐뭇했다. 잠시 후 그녀의 친구들이 도착하는 걸 본 나와 신옥은 자리를 옮겨 앉았다.

"와우, L 팬들 대단하네. 진짜 콘서트도 아닌 영화 보려고 대전에서 오다니. 청자 너도 그렇고."

"팬이라면 이 정도 성의는 보여줘야지."

"그걸 L이 알기나 할까?"

"몰라도 상관없어. 그냥 내가 좋아서 하는 거니까."
"그런데 놀랍다. 얌전이 김청자가 록을 좋아한다는 게."
"ㄴ 그 사람 자체를 좋아하다 보니 이렇게 됐어. 실은 지금도 록은 잘 몰라."

*

우주선 도킹 장면을 신호로 영화가 시작되었다. 독특한 시그널이 L답다고 생각하면서 나는 좌석을 둘러보았다. 앞자리가 여기저기 비어 있어서 아쉬웠다. 밤 상영 땐 부디 빈자리 없기를 바라며, 나는 작년 봄, 부산 콘서트 장면을 떠올렸다. 마치 내일이 없는 것처럼 혼신의 힘을 쏟아붓는 가수와 밴드의 연주에, 수천 명 관객이 응원봉을 흔들며, 일어나서 들썩들썩 춤추고 노래했던 황홀한 장면은 말 그대로 노래 안에서의 도킹이었다. 거기에 비하면 오늘 분위기는 너무 소박하다. 하지만 볼 때마다 기분 좋아지는 L의 미소, 신들린 듯 튕겨대는 기타 솜씨와, 더할 나위 없이 자유로운 몸짓을 대형 화면으로 보는 건 콘서트 실황과 큰 차이가 없었다. 경쾌하면서도 특색 있는 L의 노래에 관객들이 떼창으로 화답하는 장면을 발장단과 박수로 즐기면서 옆자리 신옥을 슬쩍 보았다. 신옥 역시 손가락을 까닥거리며 영화에 집중하고 있어서 안심했다.

영화 후반부에서 L의 대표곡 '달'이 흘러나왔다. 다른 곡과는 다르게 잔잔한 멜로디, 심오한 가사 때문에 내가 특별하게 여기는 노래다. 마스크 쓴 채로 가만가만 노래를 따라 부르던 나는 손수건으로 자꾸 눈물을 훔쳤다. '진심이 버거울 땐 우리 가면무도회를 열자…….' 들을 때마다 가슴 먹먹해지는 가사다.

영화가 끝났다. 154분이 금방 지나간 것처럼 아쉬웠다. 신옥이 화장실 세면대에서 손을 씻으며 말했다.

"우리 익산에 가서 저녁 먹자. 역 근처에 샤부샤부 맛있는 집 있어."

"다시 익산까지 가자고?"

"순천 가는 기차 자주 있지? 나도 모처럼 외출한 거라."

"하기야 집에 늦게 간들 기다리는 사람도 없는데, 그렇게 하자."

우리 두 사람은 백화점 앞에서 택시를 탔다. 뒷좌석에 나란히 앉아 쉴 새 없이 이야기를 이어갔다.

"영화 본 소감이 어때?"

"마치 외국 음식 맛본 것 같아. 낯설었지만 재미있었고. 난 L이 그렇게 자작곡이 많고 열정적인 가수인 줄 오늘 알았다."

"그렇지! 나도 그의 자작곡들이 좋아서, 특히 노랫말이 너무 좋아서 푹 빠진 거야. 그의 가사에는 독특한 해학과 긍정의 메시지가 있어. 그리고 그가 연주하는 리듬에선 온몸의 세포를 깨워주는 힘이 느껴진다니까."

"영화 보면서 우는 것 같던데?"

"사연이 좀 있지. '달'은 우리 그이 떠나고 알게 된 노래인데, 어느 방송에서 L이 말했어. 그 곡은 죽음을 앞둔 이들을 위한 노래라고. 그 때문인지 그 노래를 들을 때마다 슬퍼져. 그이가 수술받기 전날 밤, 병원 창가에 서서 흑흑 우는 모습을 봤어, 그 강직한 사람이 우는 걸 못 본체해 주는 게 나을 것 같아서 자리를 비켜주었어. 조금 후 그이가 다시 병상에 눕는 걸 보고 나도 휴게실에 가서 한참을 울었어. 그날 밤 달이 유난히 환해서인지 L의 '달'을 들을 때면 그날 밤이 생각나. 내 인생의 달이었던 그 사람이 영원히 사라져 버린 뒤로 가끔 후회해. 사형선고나 다를 바 없는 큰 수술 앞두고 얼마나 무섭고 외로웠을까. 그날 밤 그이가 울 때 끌어안고 함께 울어주지 못한 것도, 투병하는 동안 좀 더 잘해주지 못한 것도."

"그랬구나. 하지만 너도 간병하느라 고생 많이 한 거 다 아는데, 후회 같은 건 하지 마. 네가 씩씩하게 사는 게 모두를 위하는 길이야."

"알아. 그래서 이렇게 용쓰는 거지. 무너지지 않으려고."

"나도 사연 많다. 지금 졸혼 상태거든."

"아니, 왜?"

"그 사람은 진즉부터 작심했나 봐. 지금까지 나한테 헌신 봉사

했으니 자기 맘대로 한번 살아보고 싶다며 남미에 갔어. 세계 구석구석 다녀보고 싶다는데 말릴 수 없었지. 누나 친구인 나한테 여보 당신 하며 사느라 많이 불편했을 테고, 나 역시 둘째 동생 같은 남자 비위 맞추느라 지쳐 있어서 쿨하게 보내줬어. 2년 동안 각자 원하는 방식대로 살아보고 다시 합칠지 말지는 나중에 결정하기로. 이를테면 재충전 시간을 갖자는 건데, 어떻게 될지는 몰라."

뜻밖이었다. 신옥에게 이런 엄청난 일이 생기다니. 나는 적당한 말이 생각나지 않아 잠시 머뭇거렸다. 누구보다도 자존심 강한 신옥이 이렇게 속내를 보여주는 게 고맙기도 하고 그동안 얼마나 속을 끓였을까 안쓰러웠다. 남들보다 한참 늦게 결혼했지만 잘 살고 있는 신옥을 다들 부러워하고 칭찬했다. 학교 때는 평범했던 신옥이 보험회사 베테랑이 되고, 괜찮은 연하남이랑 결혼해서 깨 쏟아지게 사는 걸 보고 시샘하는 친구들도 있었는데, 노년기로 접어든 길목에서 그렇게 큰 풍파를 만나다니. 나는 신옥의 어깨에 손을 얹으며 말했다.

"신옥이 너도 마음고생 많이 했겠다."

"인생살이가 다 그렇지 뭐 사연 없는 사람 어디 있겠니. 난 지금 생활이 나쁘지 않아. 요양시설엔 절대 안 가겠다는 엄마 잘 모시다가 엄마 떠나시면, 골프 다시 시작할 거야. 청자 너도 파크골프 좀 해보면 어때! 요즘 유행인데."

"난 운동 안 좋아하잖니."

"그래도 한번 시도해 봐. 공원 같은 잔디밭에서 즐기는 골프라서 사람들과 어울릴 수도 있고 재미있을 거야."

"글쎄! 쉽지 않을 것 같은데."

*

택시는 익산역 앞에서 멈췄다. 신옥이 재빠르게 카드를 내밀어 결제한 뒤 우리는 차에서 내렸다.

"잠깐만! 그 식당에 전화부터 해봐야겠다."

통화를 마친 신옥이 난색을 표했다.

"어쩌지, 오늘 예약은 마감됐다는데."

"요즘 같은 불황에도 그렇게 잘되는 식당들이 간혹 있더라."

"일단 어디든 들어가자. 춥다."

우리는 역 서쪽 광장 옆에 있는 목조 건물 카페로 들어갔다. 입구에 붙은 안내문 '절대 신발 벗지 마세요.'를 보고는 둘 다 피식 웃으며 창가 쪽 흰색 둥근 탁자 앞으로 갔다.

"신옥아, 오늘은 젊어지기로 한 날이니까, 젊은이들처럼 케이크랑 마실 거 하나씩 먹어도 저녁으로 괜찮을 거 같은데."

"그래도 되겠어? 아무튼 미안하다. 밥 사 준다고 데리고 와서 겨우 간식으로 때우게 하다니."

"괜찮아, 밥보다도 너랑 속 깊은 이야기할 수 있어서 좋아. 사실 내가 제일 힘든 게 말 상대가 없다는 사실이야."

"그럼 애완동물을 키워보든지. 정들면 예쁘고 말 상대도 돼."

"동물 털 빠지는 게 싫어서, 그래서 뭔가 배워보려고 이것저것 시도해 보고 있는데 별로 재미없어. 텔레비전이나 휴대폰으로 L의 영상 찾아보는 게 그나마 가장 나은 취미야. 현재로서는 L이 나의 달이 되어주고 있다고 봐야지. 언젠가는 이것도 시들해지겠지만."

"일단 주문부터 하자. 네 말대로 케이크랑 마실 거. 뭐 마실래?"

"난 제주 말차. 그거 한 잔 마시면 든든할 거야."

"난 바닐라 커피."

신옥이 주문하러 주방 앞으로 가자 직원은 키오스크 주문을 권했다. 기계 앞으로 가서 주문을 마친 신옥이 자리에 앉으며 말했다.

"야, 뭐든 자동화 시스템이라 우리 같은 시니어는 이제 발붙이기 힘든 세상이야. 변방으로 쫓기는 기분이 들어서 서글퍼."

"맞아, 이제 기계문명 발달은 그만했으면 좋겠어. 나처럼 기계를 어려워하는 사람은 점점 불편해지는 세상이야. 이대로 가면 우린 기계 명령에 따라 살아야 하는 인간 로봇이 될지도 몰라. 주객전도가 되는 거겠지."

"그러게 말이다. 김청자 한자 실력이 아깝다. 요즘은 한자보다는 디지털기계 못 다루면 문맹인 세상이라."

진동벨이 울렸다. 신옥이 일어나 음료를 가지러 간 사이 내 휴대폰이 울렸다. 영상통화로 걸려 온 막내딸의 전화다. 친구랑 같이 익산 카페에 있다고 말하고 바로 끊는 나에게 신옥이 찻잔을 내려놓으며 말했다.

"막내딸 전화면 그냥 받지."

"집에 가서 길게 통화해야지. 오늘 있었던 이야기 해주면 좋아할 거다. 하루도 안 거르고 영상통화 걸어주는 그 아이 덕에 살고 있어. 난 막내딸이랑 통화할 때 아니면 말 한마디도 안 하는 날이 있어. 이러다가는 말하는 법을 잊을지도 몰라."

"그렇게 적적하면 전주로 다시 이사 올 생각은 없어?"

"어디서 살아도 마찬가지일 거야. 그이 산소 가까운 곳에서 지내는 게 그나마 나을 것 같아서. 그리고 전주도 달라졌어. 가까웠던 사람들도 예전 같진 않고, 우리가 살던 기린봉 근처도 완전히 변한 거 알고 있지?"

"가본 적 있어. 우리 집터 건물은 카페로 변했더라."

신옥이 먼저 커피를 맛보더니 나에게 어서 마시라고 권했다. 나는 말차를 한 모금 마시고는 포크로 호두 케이크를 떼어 맛보았다.

"고소하고 맛있다. 이거면 충분히 요기되겠어."

"그래, 오늘은 이걸로 때우고 언제 다시 만나자. 정말 맛있는 거 한번 사 주고 싶다. 내가 순천에 한번 갈까?"

"그러면야 좋지, 선암사 왕벚꽃 필 때쯤 한번 와라. 어디서도 보기 힘든 휘황한 꽃 대궐이거든, 근처에 맛집도 많고."

"너 이제 완전히 순천 사람이구나. 참! 우리 엄마가 신기하게도 너를 기억하시더라. 청자 만나러 간다고 하니까 용돈도 주셨어. 과자 사 주라고."

신옥이 빨간색 지갑에서 천 원짜리 두 장을 꺼내 보이며 웃었다. 나도 웃음을 터뜨리고는 말했다.

"너희 어머니 식혜 맛이 그립다야. 생강 맛 톡 쏘는 게 일품이었는데."

"그렇지, 요리하는 걸 즐기셨던 기억 때문인지 얼마 전에도 식혜 만들겠다고 한밤중에 소동이 있었어. 그런 엄마 지켜보는 게 말도 못 하게 속상해."

우리는 4월에 선암사 벚꽃 구경을 같이 가기로 하고 역 광장에서 헤어졌다. 나는 총총걸음으로 승강장으로 갔다. KTX 20시 11분 기차를 놓칠까 봐 서둘렀는데, 전광판엔 3분 연착한다는 안내문이 떠 있었다. 나는 쌀쌀한 밤바람에 목을 움츠리면서도 속에서는 온기가 차오르는 걸 느꼈다.

기차가 도착했다. 5호차 3A 좌석, 옆자리 비어 있는 창가 쪽이다. 받침대에 크로스백을 올려놓고 모자를 벗어 그 위에 놓았다. 흰머리 섞인 머리 모양이 경로우대자라는 걸 승무원에게 알려주겠지. 휴대폰 알람을 설정하고 눈을 감으려다가 그만두었다. 아예 잠들지 않겠다고 작정한 것이다. 만약 깊이 잠들어 순천을 지나 여수까지 가버리는 진짜 바보가 되고 싶진 않기 때문이다.

달리는 기차 안에서 창밖을 내다보았다. 어둠이 짙어지고 있다. 나 자신이 달리고 있는 인생 여정 또한 어둠이 내려앉는 이 무렵일 거라는 생각이 든다. 지나온 세월이 흰 구름 흘러가는 푸른 하늘, 한없이 넉넉한 산과 들판, 생기발랄한 초목을 또렷이 볼 수 있는 낮 시간의 여행이었다면, 이젠 초저녁 시간대의 여행인 것이다. 하지만 절망할 필요는 없을 것 같다. 밤 여행도 그 나름의 색다른 풍경이 있을 테니까.

오늘 하루를 되짚어 보았다. 예상 밖의 해프닝들, 집에 콕 박혀 있었다면 절대로 맛볼 수 없는 일들이 어긋난 듯 이어지고 어우러져 지루한 줄 몰랐다. 옛 친구와 함께 좋아하는 가수의 콘서트 영화를 보았고, 속 깊은 이야기를 나눌 수 있었던 게 뜻밖의 선물 같아 몹시 흡족했다.

갑자기 L의 영상이 또 궁금했다. 혹시 새로운 영상이 떴을까? 휴대폰을 켜면서 생각했다. 손 닿을 수 없는 연예계 스타를 바라보며 좋아하는 건, 어두운 밤길 걷는 나그네가 동산에 떠오르는 달을 환호하는 것과 마찬가지일 것이다. 내가 L을 좋아하는 마음이 언제까지 지속될지는 알 수 없지만…….
  L의 새로운 영상이 눈에 띄지 않자 갑자기 하품이 나오고 졸음이 눈꺼풀에 달라붙는 것 같다. 휴대폰을 끄고 크로스백에서 청포도 맛 사탕을 꺼내 입에 넣었다. 상큼한 단맛이 입속 가득 퍼진다. 사탕을 오물거리며 잠시 눈을 감자 스르르 잠이 밀려온다. 나는 고개를 흔들며 눈을 떴다. '잠들면 안 돼.' 자신을 타이르는 내 귓가에 신옥의 말이 스쳤다. '파크골프를 해보면 어때?' 나는 다시 휴대폰을 켰다. 파크골프를 알아보고 싶어진 것이다. 기차는 남원역을 지나고 있었다.

수십 년 만의 폭설이라고 한다. 갑자기 이사하고 나서 짐 정리도 다 못 했지만 그런 건 신경 쓸 여유가 없다. 차를 타고 어딘가를 돌아다니면 기분이 좀 나아질까. 하지만 여기저기 폭설에 눈사태 소식이다. 차를 끌고 나갈 엄두가 나지 않았다. 애꿎은 텔레비전 리모컨을 들었다 놨다 하면서 시간을 보내는 게 숨 막히게 답답하고, 머릿속 가득 깔린 먹구름은 뭘 해도 걷히지 않을 것 같다. '도대체 그 인간이 어떻게 나한테 이럴 수가 있냐고. 어디 한번 해보자고, 누가 이기나. 그나저나 전화를 받아야 싸우든가 뭘 하든가 할 텐데, 어휴! 속 터진다. 속 터져.' 부글부글 속을 끓이다가 라면으로 점심을 때우고 있는데 전화벨이 울렸다.

뜻밖에도 청자의 전화다.

"강신옥, 텔레비전 보니까 거기도 눈 많이 왔나 본데 어떻게 지내?"

"말도 마, 춥기도 하고 미끄러져 넘어질까 봐 집콕이야. 귀양 살이가 따로 없네."

"춥고 심심하면 기차 타고 여기 올래? 여기는 눈이라고는 전혀 없어."

"정말! 그럼 내일 갈까?"

어디든 가서 바람이라도 좀 쐬고 싶었는데 잘됐다 싶었다. 믿을만한 옛 친구를 만나고 오면 기분이 좀 나아질지도 모르니까.

오랜만에 기차를 탔다. S역에 도착할 때까지 잠이나 좀 자야겠다 싶지만 잠은 오지 않는다. 눈을 감았다 뜨기를 거듭하면서 가끔 창밖을 내다봤다. 산이든 들판이든 도시들까지 눈으로 덮인 새하얀 풍경, 온 세상이 커다란 흰색 가면을 쓴 것처럼 보였다. 지금은 모든 게 깨끗해 보이지만, 금방 질척질척한 몰골이 드러날 텐데. 인간이나 자연이나 모두 위선이고 가면이라는 생각을 하면 다 시시했다. 불쑥 그 인간 얼굴이 떠올랐다. 사정없이 욕해주고 싶다가도, 아직 남 주기는 아까운 남자 정희태, 도대체 어디에 있는 거냐, 내가 뭘 그리 잘못했기에 떠나겠다는 거냐? '나쁜 자식' 속으로 욕을 하면서 잠을 청했다.

S역에 도착했다. 에스컬레이터를 타고 내려가는 나를 향해 청자가 손짓을 하고 있었다. 검정색 가죽 패딩재킷을 입은 나에 비해, 그녀의 옷차림은 경쾌해 보였다. 상아색 바지에 청록색 얇은

패딩점퍼가 그녀에게 잘 어울렸다. 택시를 탔다. 그녀의 집으로 가면서 눈에 들어오는 풍경은 위쪽 지방과는 달랐다. 노랗게 물든 이파리들이 제법 붙어 있는 은행나무 가로수들, 떨어진 은행잎들이 금빛으로 깔려 있는 거리는 겨울이 아니라 늦가을 풍경이었다.

신시가지 대단지 아파트 앞에서 내렸다. 인구가 30만도 안 된다는 소도시에 고층 아파트가 숲을 이루고 있는 게 놀라웠다. 조경이 잘되어 있는 아파트 정원이랑 포근한 날씨가 어우러져 다른 나라 같았다.

"와, 여기는 진짜 눈이 안 왔나 봐!"

"눈 구경하기 쉽지 않아, 나도 이사 와서 처음엔 이상했어. 겨울 내내 함박눈 내리는 걸 못 봐서 불평했는데."

"지금은 좋다 그거야?"

"여러 해 지내다 보니 겨울에도 춥지 않아서 좋아. 일단 집으로 들어가자."

29층 아파트 1층, 그녀의 집이다. 현관문을 열자 여러 켤레의 신발들이 가지런히 놓여 있었다.

"웬 신발이 이렇게 많아?"

"신발이라도 많이 놓여 있어야 안심이 돼서."

중문을 열자 훈훈한 온기가 환영 인사처럼 달려든다. 거실에 들어섰다. 텔레비전을 사이에 두고 벽면 양쪽 책장에 가득 꽂

혀 있는 책들, 책상과 컴퓨터, 피아노 보면대에 펼쳐져 있는 악
보……. 혹시 '어떤 학생이랑 같이 사나?' 생각하면서 이리저리
살펴보는데 그녀가 불렀다.

"이리 와서 차 마셔."

"응! 그래."

나는 재킷을 벗고 흰색 사각 식탁 위에 놓인 머그잔 앞으로 가
앉았다. 꽃무늬 찻잔에 담긴 갈색 차를 한 모금 마시자, 온몸에
스며있던 찬 기운이 확 녹아내리는 기분이다.

"무슨 차야? 특이하고 맛있네."

"작년에 담가둔 돌배 차야. 맛이 괜찮지?"

"속이 풀리고 아주 좋은데."

"천천히 마시고 우선 좀 쉬어. 곧 밥상 차릴게."

나는 한결 편안해진 기분으로 차를 마시면서 그녀의 안색을
살폈다. 이제 완전히 진정되고 밝아 보이는 표정이 부러웠다.

"혼자 지내기엔 집이 좀 넓겠다. 혹시 누구랑 같이 살아?"

"아니! 그이 떠나고 허전해서 바로 집을 옮겨볼까 했어, 집 안
구석구석 깃들어 있는 흔적들 땜에 속상해서. 하지만 이사하는
게 그리 쉽지 않더라고. 그런데 신옥이 너는 왜 갑자기 서울 쪽
으로 이사를 한 거야?"

"서울은 아니고 서울 근처 신도시야. 사연이 좀 복잡해."

"그랬구나, 소파로 가서 좀 누워 있어. 이따가 밥 먹고 이야기

하자. 배고프겠다."

그녀가 일어나서 앞치마를 두르자 나는 청색 소파에 등을 기대고 앉았다. 텔레비전을 켰다. 폭설 소식 아니면 복잡한 정치권 뉴스뿐이어서 바로 꺼버렸다. 텔레비전 위쪽 벽에 걸린 가족사진이 눈길을 끌었다. 3대 가족이 하나같이 청바지와 흰색 셔츠 차림을 하고 찍은 사진이다. 사진 속 청자 부부의 표정이 무척 밝아 보였다. 저렇게 다정하게 살던 부부가 영원히 헤어질 때, 떠나는 사람도 남겨진 사람도 얼마나 슬펐을까. 그 힘든 과정을 잘 이기고 일어선 청자가 무척 단단해 보였다. 거기에 비하면 내가 겪는 괴로움은 가벼운 편일까 생각을 해보다가, 정희태의 냉정한 표정이 떠올랐다. 변호사 명함을 주면서, 결심이 서면 이쪽으로 연락하라고 하던 인간. 나도 모르게 "나쁜 새끼" 욕설이 터져 나왔다.

"아니, 왜 그래?"

싱크대 앞에서 요리를 하던 청자가 놀란 얼굴로 물었다.

"아니야, 울화통이 터져서."

"뭔가 되게 속상한가 보네. 억지로라도 눈을 좀 붙여봐."

나는 좀 창피했다. 소파 위에 개켜져 있는 장미무늬 이불을 펴서 덮고 누웠다. 자는 척이라도 하고 싶은데 가수 L의 콘서트 기념사진, 외국 여행 때 사 온 것으로 보이는 아기자기한 기념품들이 눈에 들어왔다. 큼직한 지구본이 책상 위에 있는 게 신기하다 생각하면서 나도 모르게 잠들었나 보다.

아련하게 들리는 피아노 소리에 눈을 떴다. 그녀가 소리를 줄여서 피아노를 치고 있었다. '저 음악 곡목이 뭐였더라.' 나는 골똘히 생각하다가 입을 열었다.
"그 노래 '꿈길에서' 맞지?"
"어! 일어났어? 하도 곤히 자기에 안 깨웠는데 듣고 있었구나."
"내가 많이 잤어?"
"한 시간 넘게 잤어."
청자가 다시 그 곡을 연주하면서 노래까지 흥얼거렸다.
– 아름다운 꿈 깨어나서 하늘의 별빛을 바라보라…….
"노래 잘하네."
"우리 옛날에 이 노래 가끔 불렀잖아. 일어나서 같이 불러볼까?"
"난 노래 잊고 산 지 오래됐어. 나 배고프다."
"그래, 밥은 진즉에 다 차려놨지. 찌개만 데우면 되니까 조금만 기다려."
그녀가 서둘러 주방으로 갔다. 나는 일어나서 책장에 있는 책들을 훑어봤다. 《한국문학전집》, 《세계문학전집》, 다양한 제목들의 시집과 수필집, 피아노 교본들까지. 아휴, 이 많은 책들을 다 읽었단 말이야! 더구나 난생처음 보는 시론집, 소설이론, 시나리오 작법, 동화 쓰기 등 낯선 책들이 궁금했다.

"혹시 공부해? 특이한 책들이 많네."

그녀가 전기밥솥에서 밥을 푸다 말고 말했다.

"아, 내가 말 안 했지. 실은 나 지금 학생이야. 문예창작과 대학원생."

"와! 김청자 대단하다. 그런데 왜 여태 말 안 했어."

"동화 작가 되면 그때 깜짝 놀라게 해주려고 그랬지. 아무튼 밥부터 먹자."

청국장찌개, 김장 김치, 돼지고기 수육, 알맞게 익은 동치미까지. 옛날 우리 엄마가 자주 차려주던 음식들이다. 친정엄마 떠나보내고 상실감에 **빠져** 있을 나를 위해 마련한 청자의 배려였으리라. 울컥, 달포 전에 돌아가신 엄마 생각이 났다.

먼저 동치미 국물을 떠서 맛보았다. 시원한 맛에 입맛이 돌면서 식욕에 발동이 걸렸다. 음식 맛에 대한 찬사는 다 먹고 할 요량으로 젓가락질을 쉬지 않았다. 그런 내 모습을 바라보던 그녀가 말했다.

"옛날에 너희 엄마 음식 내가 자주 먹었잖아. 흉내 내봤는데 맛이 어때?"

"아주 똑같아. 그런데 혹시 술 있어?"

"소주나 맥주 같은 건 없고, 와인 오래된 거 있어, 포도 농사를 짓는 집에서 만든 건데 여러 해 지난 거라 맛이 어떨지 모르겠다."

"원래 와인은 오래될수록 더 좋은 거야."

그녀가 와인 병과 큼직한 유리잔을 가져왔다. 내가 따라주는 잔을 받아 한 모금 마신 그녀는 잔을 내려놓으면서 무슨 맛인지 잘 모르겠다고 했다. 나는 그녀가 따라주는 와인 한 잔을 단숨에 마시면서 소주나 맥주였으면 더 좋았겠다고 생각했다.

식사가 끝나갈 때쯤 청자의 휴대폰 카톡 신호가 울렸다. 메시지를 확인한 그녀가 안방으로 들어가서 누군가와 통화를 하는 동안, 나는 다시 수육에 김치를 얹어 몇 점 더 먹고는 동치미로 입가심을 했다.

통화를 마친 청자가 웃으며 다가왔다.

"오늘 밤, 성가대 뮤지컬 연습 있어. 성탄절 때 공연할 거라, 저녁마다 연습하거든. 결석하지 말라는 연락이 왔어."

"아니, 나이가 몇인데 성가대를 해?"

"아직은 그런대로 할만해. 뮤지컬 합창은 나도 처음 해보는 거라 많은 연습이 필요하긴 한데, 너 혼자 두고 가기도 미안하고 결석하기도 그러네."

나는 곤란한 기분이 들었지만 선심 쓰듯 말했다.

"내가 같이 가도 괜찮다면?"

그녀의 안색이 금방 환해졌다.

청자를 따라 교회에 가는 길이다. 아파트 단지를 벗어나 잘 정돈된 산책로를 걸으면서 그녀가 말했다.

"엄마가 갑자기 돌아가셔서 많이 놀랐지?"

"언젠가는 맞닥뜨릴 일이었지만 당황했지. 노인들 그렇게 되는 거 순간이더라고. 정신이 오락가락하셨지만 나한텐 버팀목이셨는데. 야! 그런데 우리 엄마가 너를 끝까지 기억했어. 내가 김청자 아느냐고 물어보면 고개를 끄덕이며 '그 아이가 인사를 잘 해.' 그랬다니까."

"나한테도 엄마 같은 분이셨지. 내가 처음 피아노 교습소 차릴 때, 너희 외삼촌 가게 2층을 빌릴 수 있도록 도와주시고 가끔 도시락도 가져다주셨는데."

"우리 엄마도 네 칭찬 자주 했어. 멀리 있는 딸내미 대신 청자가 딸 노릇 해줘서 든든하다고. 그런 말 들을 때면 내 마음은 좀 복잡했고."

"시골로 가신 우리 부모님 대신, 나를 챙겨주신 거에 비하면 해드린 것도 별로 없는데 뭘."

둘이 엄마 이야기를 나누면서 예배당 뜰에 들어섰다. 쭈뼛거리면서 예배당 건물 안으로 들어서자 동화나라 같은 크리스마스 풍경이 장식되어 있었다. 성가대 연습이 벌써 시작되었는지 합창 소리가 들려왔다. 청자의 마음이 급할 것 같아 등을 떠밀며 말했다.

"나는 여기에 있을게, 끝나면 여기서 만나. 걱정 말고."

미안한 얼굴을 하는 청자를 연습실 쪽으로 보내고, 나는 연갈색 의자들이 나란히 줄 맞춰져 있는 곳에 가서 앉았다. 연습실에서 울려오는 합창에 귀를 기울이다가 갑갑해서 밖으로 나갔다. 널찍한 마당, 드높은 종탑에서 붉게 빛나는 십자가, 예배당 지붕에서부터 마당에 있는 나뭇가지들에까지 길게 드리워진 불빛장식을 보자 기분이 묘했다. 하늘을 올려다보았다. 종탑의 붉은 십자가와 노란 초승달이 어우러진 게 한 폭의 그림처럼 보였다. 초승달 가까이에서 유난히 빛나는 큰 별을 보며 중얼거렸다.

"하나님, 제 사정 좀 들어보세요. 25년을 함께 살던 남편이 헤어지자고 조르는데 어떻게 해야 하죠? 제가 별로 잘못한 것도 없는데요. 도와주세요."

나도 모르게 눈물이 났다. 제대로 드린 기도는 아니었지만 하나님이 들어주시면 좋겠다고 생각했다. 교회학교 중고등부 시절이 생각났다. 당시 청자 어머니도 우리 엄마도 교회 일에 열심인 분들이었고, 나 역시 교회를 학교처럼 다니던 시절이었다. 그때부터 성가대 활동을 열심히 하던 김청자, 수십 년이 지난 지금까지도 한결같은 신앙생활을 하는 모습에 비하면 나는 방랑자처럼 살아온 인생일 것이다.

교회를 드나들던 시절, 장로님 아들 K를 좋아했다. 나 말고도 그를 좋아하는 여학생이 한둘이 아니었지만 누구도 감히 속내를 드러내지 못하고 있었다. 훤한 인물에 공부를 잘하는 그의 입지가 너무 대단했고, 만약 소문이라도 난다면 감당할 수 없기 때문이다. 내가 여고 졸업 후 서울로 달아난 것도 K에 대한 내 짝사랑 때문이었다. 모델이 되어보겠다는 이유를 댔지만 내 속마음은 서울 명문대학에 다니는 K와 가까이 지내고 싶어서였다. 어릴 때부터 자주 들었던 "신옥이는 키도 크고 예뻐서 배우나 모델로 성공할 거야."라는 말에 희망을 걸었던 것도 사실이긴 했다. 하지만 서울생활이 얼마나 고단했는지는 지금도 떠올리고 싶지 않은 내 인생의 흑역사였다.

K의 근처에 다가갈 수 없었다. 그의 주변엔 명문대학교 여학생들이 많을 텐데 대학도 못 간 내가 비집을 틈이 없어 보였기 때문이다. K를 애인으로 만들겠다는 허망한 꿈을 접고, 진짜 유명한 모델이 되고 싶었지만 하늘의 별 따기였다. 나를 집 근처 간호전문대학에 보내려던 부모님은 대학교 학비라 여기고 학원비며 생활비를 2년 동안 보내주다가 끊었다. 나도 더 이상 부모님께 손 내밀 수는 없어서 온갖 고생을 하면서 버텼다. 이런 일 저런 일 돌고 돌다 마지막으로 붙잡은 끈이 보험설계사였다. 적성에 맞았는지 성과가 괜찮았고 피나는 노력 끝에 베테랑 설계사가 되었다. 다양한 사람들을 만나면서 축적한 사회생활 경험 덕분인지 하는 일마다 잘 풀렸다. 마치 돈이 나를 따르는 듯, 성공적인 부

동산 재테크로 재산 불리는 재미가 얼마나 쏠쏠했던지.

정희태는 내가 잘 풀리기 시작할 때 알게 된 동료의 사촌 동생이었다. 훤칠한 용모가 K와 비슷해 보였고 싹싹한 성격도 마음에 들었다. 나는 늦은 결혼이었지만 인물 번듯한 연하남과 남부러울 것 없이 사는 재미에 빠져들었다. 교회 생활을 잊은 지는 오래전이었다.

밤하늘을 바라보며 이런저런 상념에 빠져 있는데 청자의 목소리가 들렸다.

"강신옥 어디 있어?"

"응! 나 여기, 초승달이 참 예쁘네."

내가 대답을 하자 청자가 손짓을 했다.

"쉬는 시간이라 나와 봤는데 네가 안 보여서 놀랐다. 안 되겠다. 집에 가자."

그녀가 연습실에서 가방을 들고 나왔다. 옛 친구와 함께 걷는 밤길, 쌀쌀했지만 추운 줄은 몰랐다. 돌아오는 길에 편의점 앞을 지나치다가 되돌아서 가게로 들어갔다. 뭘 살 거냐고 묻는 그녀의 말을 못 들은 척, 소주 한 병을 샀다.

그녀가 수육과 김치를 안주로 내놓으며, 둥근 모양의 흰색 잔을 식탁 위에 놓았다. 나는 연거푸 소주 석 잔을 따라 마셨다. 그런 나를 물끄러미 쳐다보던 그녀가 말했다.

"신옥이 너 무슨 일 있지? 말해봐. 속 시원하게."

나는 입을 열어 말을 쏟아내기 시작했다.

"내가 정희태와 별거 중이라는 거, 전에 말한 적 있지?"

"당분간 따로 지내기로 했다면서. 아직 그 기간이 남은 거 아냐?"

"그랬지. 근데 그게 아니었어. 우리 엄마 돌아가신 지 일주일 만에 이혼해 달라고 하더라. 어떻게 사람이 그렇게 싹 변하니."

이렇게 시작한 내 하소연은 거미 꽁무니에서 뽑아져 나오는 실처럼 이어졌다.

"그 인간이 별거를 선언하고 해외로 떠날 때, 그때 이미 내 결혼 생활은 종을 쳤나 봐. 2년 동안 각자 마음대로 살아보고 재결합을 생각해 보자는 내 말은 사실 진심이 아니었는데, 아마 자존심 때문이었을 거야. 빛 좋은 개살구 연하남과 함께 사는 거, 녹록한 게 아니더라고. 외모 그럴싸하지, 싹싹하지, 업무 말고도 만나는 여자가 없었겠냐고. 시도 때도 없이 들이대는 여자들 많았어. 심지어 나랑 친하게 지내던 직장 후배 어떤 년하고는 대판 싸우기도 했는데. 나는 정희태를 다른 여자에게 뺏길까 봐 늘 신경을 곤두세우고 살았거든."

"그동안 마음고생 많았겠다."

"우리 부부 사이에 틈이 생긴 건 몇 해 전부터였을 거야. 내 갱년기 증상이 너무 심해서 힘든 데다가 아픈 엄마까지 모시고 있었으니까, 다 귀찮았어. 내 여성성은 바닥인데 지칠 줄 모르는 그 남자 혈기를 못 당하겠더라고. 밤에는 옥신각신 다투고 낮에 다른 사람들 앞에선 다정한 척 구는 게 쉽지 않았지. 그러다가 그 인간이 장기 여행을 다녀와야겠다는 거야. 말릴 명분이 없더라고. 우리 둘 다 충전이 필요한 시기였으니까. 그가 없는 동안 나는 엄마의 마지막 시기를 잘 보살펴야 할 책임도 있었고……. 그런데 엄마가 생각보다 빨리 돌아가신 거지."

"장례식장에서 네 남편, 상주 노릇 완벽하게 하던데."

"아마 연기였을 거야. 그 인간 연기력이 보통이 아니야. 결혼 전엔 꿈이 배우였대. 퇴직하면 시니어 배우 되겠다고 연기 학원도 다녔으니까. 그래서 더 화가 난다니까. 그동안 나한테 보여준 모든 게 다 연기였을 거라고 생각하면 미치고 팔짝 뛰겠어."

"설마! 결혼할 땐 진심이었겠지. 인생 전부를 걸고 하는 결혼 생활을 연기로 하는 사람이 어디 있으려고."

"아냐, 그 인간은 나를 발판 삼아서 자기네 부모 형제 편하게 해주려고 작정했던 거라니까. 그동안 내가 시댁 식구들한테 쏟은 정신적 물질적인 걸 다 합치면 아마 궁궐 같은 집을 짓고도 남을 거다."

나는 속에서 터져 나오는 분노를 폭포수처럼 쏟아냈다. 당황한 청자가 물을 한 잔 따라주며 말했다.

"진정하고 내 말 좀 들어봐. 그래도 넌 나보다 나아. 실컷 미워

하고 욕해줄 사람이라도, 이 세상 어딘가에서 숨 쉬고 있잖아. 영영 사라져 버린 것보단 나을 거 같은데."

"그런 말 마, 인물 말고는 별 볼 일 없는 사람 키워서 날개 달아주었더니 날아가 버렸어. 죽 쒀서 개 준 꼴이지."

"아니! 그럼 다른 여자가 있단 말이야?"

깜짝 놀라는 청자의 말에 나는 아차 싶었다. 정말 자존심 상하는 그 이야기까지 불쑥 말해버리다니. 하지만 곧 마음을 바꿔 먹고 말을 이어갔다.

"아무래도 그런 느낌이 들어, 짚이는 점도 있고. 그 인간이 세계 일주를 하겠다고 떠났다가, 해외여행은 잠깐 다녀오고 다른 여자랑 지낸 모양이야. 그리고 그년이 계속 몰아붙이고 있는 것 같아, 이혼하라고. 그 인간이 우리 엄마 장례식 마치고 잠시 우리 집에서 있는 동안 몇 번이나 전화를 받더라고 쩔쩔매면서. 그러더니 급한 일 있다며 달아나 버렸다니까. 그러고는 며칠 뒤 나타나서 이혼해 달라고 사정을 하더라."

"설마! 그럼 네가 애써 모은 재산은 다 어떻게 하고? 그야말로 사람 잃고 돈 잃고 심정이 말이 아니겠네."

"그건 큰 문제가 안 돼. 자기 명의로 된 것만 챙겨가겠다는데 그리 많진 않아. 공동명의로 된 건 다 포기하겠다고 하더라. 서류 정리만 해준다면."

"그럼 거의 백 퍼센트다. 혹시 다른 자식까지 생긴 거 아닐까?"

"와, 미치겠다. 늙어가는 마당에 이 무슨 망신이니? 소문나기 전에 서둘러 이사한 게 그 문제 때문이야."

나는 누구에게도 말 못 했던 속사정을 한바탕 털어놓자 속이 시원하면서도 창피했다. 청자는 충격을 받았는지 아무 말도 안 하고 벽에 걸린 가족사진을 바라보았다. 저세상으로 떠난 남편을 생각하는지 그녀는 눈물을 훔쳤다. 내 눈에서도 눈물이 흘렀다. 만약 누가 보았다면 청승맞기 짝이 없는 장면이리라.

청자가 일어나서 물을 한 잔 마시고는 말했다. 평생 근면·성실하고 효성 지극했던 자기 남편 같은 사람은 만수무강해야 정답일 텐데, 그렇지 않고 일찍 가버린 걸 보면 인생이란 이렇다 할 공식이 없는 것 같다고.

"담관암 선고를 받은 그이를 지켜보면서 간병하는 동안, 나도 같이 소멸되어 가는 것 같았어. 사람의 일생 중에 가장 슬프게 통과해야 하는 암흑의 터널을 지나고 나서 깨달았어. 살다 보면 사람의 힘으로 어찌할 수 없는 불가항력이 작동할 때가 있다는 것을. 모든 게 다 하나님의 섭리라고 믿는 것밖에는 별도리가 없더라. 신옥아, 이혼한다는 게 말도 못 하게 속상하겠지만 네 힘으로 막을 수 없는 거라면 그냥 받아들여. 그래도 내가 겪은 일보다는 덜 힘들지 않을까."

나는 청자의 말에 모두 동의할 수는 없지만, 숨구멍이 조금 트이는 느낌은 들었다. 꽁꽁 싸매두었던 이야기보따리를 풀어낸 게 약이 되었는지 긴장감이 풀리고 하품이 터져 나왔다. 내가 하품하는 걸 본 청자가 거실 바닥에 이부자리를 펴주며 같이 자자고 했다. 전기매트를 켜고 두껍게 이불을 깔아 그 위에 누웠다. 침대가 아닌 바닥에서 자는 건 무척 오랜만이라 어색하면서도 색다른 기분이 들었다. 나는 청자를 위로해 주고 싶어 말을 꺼냈다.

"야, 근데 사진 보니까 네 남편 인상 참 좋다야."

"한 인물 했지. 우리 시부모님에겐 200점짜리 효자 아들, 매사에 책임감 강하고 너무나 빈틈이 없어서 좀 피곤했지만."

"재밌게는 살았니?"

"글쎄! 그 사람 머릿속이 늘 궁금했어. 도대체 무슨 낙으로 사는 사람인가 싶다가도 본가에 가면 생기 펄펄해지는 모습을 보면서, 아! 저이는 효도하기 위해서 태어난 사람인가 보다. 그렇게 인정해 주고 평행선처럼 살았지. 일요일이면 그이는 효도하러 본가에 가고 나는 하나님께 예배드리러 가고."

"쉽지 않았겠다. 종교 문제로 싸우는 집 많이 봤는데."

"서로 존중하려는 기본은 있어서 크게 싸운 적은 없었어. 하지만 결국엔 그이도 세례를 받고 떠났어. 분명히 천국에 갔을 거야. 어느 날 항암 치료 하러 갔더니 '이제 병원에 그만 오시고 하고 싶은 거 하세요.' 그러더라. 마지막 선고였지. 그래서 아까 갔던 교회에 전화를 걸어서 사정을 말했어. 다음 날, 교회분들이 서울 우리 임시거처까지 달려와 세례식을 해주었지. 어린아이처럼 순수하게 모든 걸 받아들이는 그이한테 마지막 꽃다발을 안겨주는 내 심정이 어땠는지 아니? 말할 수 없이 슬프고 감사하고……. 정말 많이 울었다. 그날뿐 아니라 그이 안 보는 데서 날마다 쏟아낸 내 눈물, 애간장 녹는다는 게 아마 그런 걸 거야."

"정말 힘들었을 텐데 몰라줘서 미안하다."

"코로나 시국이었고, 되도록 소문내고 싶지 않았어. 하지만 그 마지막 1년, 그이 곁을 지켜주면서 천국행 열차를 탈 수 있도록 안내해 준 것이 내 인생에서 손꼽을 만큼 잘한 일인 거 같아. 그렇게 생각하면 위안이 좀 되기도 하고."

"참, 아까 물어보다 말았는데 대학원 다닌다고?"

"응! 동화 작가가 되어볼 생각이야. 그 목표가 있어서 많이 도움 돼. 신옥이 너도 능력 있으니까 뭔가 새로 시작해 보는 건 어때? 떠나겠다는 사람 붙들려고 속 끓이지 말고."

"남의 일이라고 쉽게 말한다. 보내더라도 실컷 약 올리다 보낼 거야."

"야, 갑자기 그 여자가 궁금하네. 도대체 어떤 여자가 다 닳은 중고품 남자를 원한다니?"

청자의 말에 나도 모르게 '쿡' 하고 웃음이 터졌다.

"맞다, 다섯 살 연하라고는 해도 내가 여태껏 쓰고 닳아빠진 중고품 남자, 그 인간 데려가는 년은 나중에 병 수발이나 실컷 해라. 쌍!"
 청자가 말을 이어갔다. 부부는 정말 꼴 보기 싫다가도 서로 측은지심이 생기는 희한한 관계라서 애틋한 감정만 있어도 견딜 수 있을 텐데 어떠냐고.
 "나는 정희태가 불쌍하다는 생각을 해본 적은 없고, 남 주기는 아깝고 그래. 그 인간도 나에 대한 애틋함이 없으니까 이혼하자고 하겠지."
 "그럼 회복하기는 쉽지 않겠다. 난 그이랑 죽고 못 살게 좋아했는지 그건 잘 모르겠어. 그래도 그 사람이 항상 측은해 보이긴 하더라. 지금도 굳이 사별이라는 말을 쓰고 싶지는 않아. 북극권에 오로라 보러 가서 안 오는 사람이라고 치면 기분이 조금 나아져."
 청자의 심정을 알 것 같았다. 한 몸처럼 살았던 사람을 보내고 나면, 함께했던 시간들을 완전히 지울 수 있을까? 내가 지금 정희태를 놓아주고 싶지 않은 게 사랑인지 뭔지는 모르겠다. 다만 그 많은 사연과 추억들을 어떻게 정리할 수 있을까. 무엇으로 내 인생을 새로 채워갈 수 있을까, 날마다 눈을 흘기면서라도 법적인 부부 사이를 유지하는 게 옳은 일인지. 가정을 지킨다는 명분으로, 싫다는 사람 억지로 붙잡고 세월을 허비하는 게 맞는 건지. 군대에 간 아들 제대할 때까지 만이라도 붙들고 있다 보면, 혹시 그의 마음이 돌아올 수도 있지 않을까……. 온갖 생각에 잠을 못 이루고 있었다. 그러다가 깜짝 놀랐다. 내 옆에서 고른 숨소리를 내며 자고 있던 청자가 갑자기 '으흐윽흐윽' 소리를 내며 진저리를 치는 게 아닌가.

그녀를 흔들어 깨웠다. 그녀는 눈을 뜨면서 "아직 안 잤어?" 태연하게 말했다.

왜 그렇게 놀라느냐고 묻자, 그녀는 남편 간병할 때 생긴 잠버릇이라면서 가끔 그런다고 했다.

"지금은 많이 좋아졌어. 괜찮아, 어서 자자."

날이 밝았다. 그릇 달그락거리는 소리에 눈을 떴다. 청자가 아침상을 차리고 있었다. 소고기와 굴을 듬뿍 넣어 끓인 떡국이 맛있어 보였다. 내가 보양식 같다고 하자 그녀가 숟가락을 들면서 말했다.

"이거 먹고 조금 있다가 특별 후식으로 장미 향기 맡으러 갈까?"

"겨울에 웬 장미 향기?"

"가보면 알아. 얼마나 좋은데."

10시쯤 집을 나섰다. 택시를 타자는 내 말을 못 들은 척, 그녀는 기어이 버스정류장으로 나를 안내했다. 곧 파란색 전기버스가 왔다. 먼저 버스에 올라선 청자가 "두 명이요." 말하고는 단말기에 카드를 댔다. 하지만 빈자리가 하나밖에 없었다. 빈자리에 나를 앉게 하고 내 옆에 서서 가는 그녀를 보고 나는 속으로 고개를 저었다. '나이 들었으니 웬만하면 택시를 타고 다닐 일이지 고생을 사서 하네.'

버스에서 내려 한참을 걸어서 정원에 도착했다. 노랗게 익은 열매가 주렁주렁 달린 모과나무, 농익은 홍시들을 새들이 쪼아 먹고 있는 감나무 곁을 지나 장미원으로 갔다.

"여기가 나의 정원이야. 이거 봐, 장미꽃 만발이지?"

듬성듬성 피어 있는 장미 송이들이 내 눈엔 그리 대단해 보이지 않는데, 그녀는 장미 만발이라고 한다. 여기저기 피어 있는 노랑, 빨강, 분홍, 흰색 장미들이 풍겨내는 향기에 나도 호사스러운 기분이 들긴 했다. 이 꽃 저 꽃에 코를 들이대면서 향기를 맡기도 하고 사진을 연달아 찍으면서 꽃들에 말을 거는 그녀 모습이 소녀 같아서 부럽기도 하고 웃음도 났다.

"그렇게도 좋아?"

"야, 이 향기 좀 맡아봐, 기가 막힌다."

그녀가 탐스럽게 핀 노랑 장미를 가리키며 나를 쳐다보았다. 나도 따라서 그 장미꽃 가까이에 코를 들이댔다. 숨을 깊게 들이마시라는 그녀 말대로 '후흡' 길게 숨을 들이마시자 고급 향수가 내 안으로 흘러 들어오는 느낌이다.

"와! 향이 아주 진하네."

"그렇지, 나는 장미 향기 맡으러 자주 오거든. 며칠 전에도 다녀갔지. 올 때마다 마치 데이트하러 오는 기분이야."

"김청자, 참 팔자 좋게 사네. 부럽다야! 아무튼 사진이나 한 장 찍어봐."

나는 유난히 고운 자태로 피어 있는 붉은 장미 곁에서 포즈를 취했다. 그녀가 사진을 찍으면서, 누가 꽃이고 누가 사람인 줄 모르겠다고 너스레 떠는 걸 보면서, 나는 청자가 찬바람 속에서 피어난 장미랑 닮았다고 생각했다.

붉게 물든 메타세콰이어 길을 지날 때였다. 부부 동반으로 보이는 사람들이 웃고 떠들며 지나갔다. 그걸 본 내가 말했다.

"나도 예전엔 부부 동반 여행 참 많이 다녔는데, 가끔 해외로 골프 여행도 가고."

"강신옥, 너나 나나 이제 다시 만들어 낼 수 없는 풍경이야."

"그러게, 이제 정희태 옆엔 다른 년이 붙어 다니겠지? 제기랄!"

조금 더 걷다 보니 냇물이 흐르고 있었다. 초겨울인데도 푸른색을 띠고 있는 수양버들, 깨끗한 물속에서 자맥질하는 오리들, 다른 곳에서 쉽게 볼 수 없는 정경 앞에서 좀 쉬고 싶었다. 내가 벤치에 앉자 청자도 따라 앉았다. 우리 둘이 나란히 앉아서 이런 풍경을 본 적이 있었던가 생각하다가 갑자기 노래 '개여울' 곡조가 떠올랐다. 나도 모르게 곡조를 흥얼거리자 청자가 가사를 붙여서 노래했다.

– 당신은 무슨 일로 그리합니까. 홀로 이 개여울에 주저앉아서…….

청자가 노래를 끝까지 부르고 나서 말했다.

"신옥아, 우리 옛날에 이 노래 자주 불렀던 거 생각나? 학교 근처 연못 정자에서 부르다가 관리인 아저씨한테 꾸지람도 들었는데."

"맞아, 생각난다. 그때 우리 말고도 진숙이랑 현경이도 같이 어울렸지? 그 친구들은 지금 어떻게 지낸다니?"

"진숙이 소식은 모르겠고, 참 현경이가 큰 수술 받고 연락 단절이라더라."

"아니 왜? 옛날엔 현경이가 우리들 중에 제일 잘나갔는데. 공부 잘해서 좋은 대학에 갔고 결혼도 잘했잖아?"

"지금은 옛날 같지 않은가 봐."

갑자기 정신이 번쩍 들었다. 그리고 이상했다. 잘나갔던 옛 친구가 많이 아프고 사정이 안 좋다는데, 얄팍한 안도감이 드는 건, 내 처지가 그보다는 낫다고 믿고 싶기 때문일까.

크기를 짐작할 수 없을 만치 넓은 정원을 다 돌아볼 수는 없었다. 출구로 나와서 근처 한식뷔페로 들어가자 따뜻한 공기, 맛있는 냄새가 코끝을 간질이는 게 정겨웠다. 정갈해 보이는 음식들을 접시에 듬뿍 담아 사람들 사이에 나란히 앉자, 마치 멀리 여행 갔다가 돌아와 내 집 식탁 앞에 앉은 기분이다.

좀 더 쉬었다 가라는 청자의 권유를 사양하고 기차역으로 갔다. 타는 곳까지 따라온 그녀가 내 손을 맞잡으며 말했다.
"봄에 꼭 다시 와. 여기 벚꽃 필 때 굉장하거든."
"알았어."
작별 인사를 나누느라 맨 나중에 기차에 올랐다. 차창 밖에서 손을 흔들어 주고 있는 청자를 향하여 나도 손가락 하트를 보여 주고는 자리에 앉았다. 휴대폰을 꺼내 날씨를 검색하자 위쪽 지방도 날씨가 풀렸다는 소식이다.
기차가 달리기 시작했다. S시를 벗어나자 높지도 낮지도 않은 고만고만한 산봉우리들이 연달아 나타난다. 산마을, 강마을이 보이다가 사라지고 다시 나타나기를 거듭하다가 기차는 어둑한 터널을 통과한다. 눈밭에 서있는 벌거숭이 과목들이 스쳐가고 새하얀 들판 위를 날아가는 새 떼도 보인다. 섬진강 너머 아득히 보이다 사라지는 흰 봉우리들은 아마 지리산이겠지. 마치 거대한 흑백영화 같은 풍경들이 내 눈앞을 휙휙 스쳐 갔다.
시계를 보았다. 두어 시간쯤 지나면 집에 도착할 것이다. 나는 집에 도착하면 정희태의 물건들을 말끔히 정리해야겠다고 마음먹었다. 예기치 않았던 눈물이 자꾸 흐르면서도 가슴 한편으론 후련했다.

서평

풍경을 통한 연대

백지현(서울대학교 대학원 외국어교육과)

　김순양의 단편소설집 《풍경이 바뀌는 시간》은 여덟 편의 이야기를 통해 시간의 흐름 속에서 등장인물들이 어떤 방식으로 또 다른 시간의 흐름을 만들어 나가는지를 보여준다. 책 속 인물들은 누군가의 존재 또는 부재로 만들어지는 삶의 사계를 치열하게 겪는다. 때로는 서로의 존재로 인한 봄을 맞이하기도 하고, 삭막한 겨울을 겪기도 한다. 뿐만 아니라 그 존재의 부재로 요동치는 계절을 견디기도 한다. 각각의 이야기 속 서술자가 그 계절에 침잠될지, 아니면 새로운 계절을 만들어 나갈지 궁금증을 남기며 이 책은 또 다른 타인의 사계로 독자를 안내한다.

이러한 타인의 사계가 여덟 번째 수록 작품인 〈풍경이 바뀌는 시간〉에서는 '나'의 사계가 된다. 일곱 번째 작품 〈잠들지 마〉의 서술자인 '청자'는 그다음 편인 〈풍경이 바뀌는 시간〉에서 서술자 '신옥'의 친구이자 풍경이 된다. 타인의 시선으로 보는 '나'의 계절이 어느새 풍경이 되어 있는 것이다. 시점 이동을 하며 맛본 두 서술자의 겨울은, 서로가 서로의 풍경이 되어주며 함께 같은 풍경을 보고자 하는 연대를 통해 봄을 향한 탈태를 꿈꾼다.

 이러한 시점 이동이 이야기 속 인물들에서 작가의 딸인 필자에게도 옮겨 일어나는 것을 느꼈다. 일면식 없는 타인들의 이야기가, 작가의 자전적 배경 바탕인 후반부 어떤 이야기에서 한 번에 응축되는 경험을 했다. 전혀 알지 못하는 누군가의 이야기라고 여겼던 것들이 '우리'의 이야기처럼 느껴진 것이다.

 결국 《풍경이 바뀌는 시간》은 흘러가는 시공간 속 우리들의 모습을 묘사한다. 인생을 달리는 기차에 비유하자면 〈흔적〉의 30대 명한은 3호차에, 〈당신의 이기주의〉 40대 연숙은 4호차에, 〈소슬바람〉의 60대 대철은 6호차의 승객으로 볼 수 있다. 그들은 각각의 객실 안에서 누군가를 사무쳐하며 풍경을 만들고, 그 풍경 속을 내달리며 고뇌한다. 제각각의 독립된 기차가 아닌, 우리들의 기차 안에서 말이다.

여덟 편의 이야기가 만들어 내는 다양한 풍경들이, 독자들 삶에 의미 있는 한 겹을 더할 수 있기를 소망한다. 더불어 이 이야기들이, 서로가 서로에게 근사한 풍경이 되어주는 멋진 인생기차로의 초대장이 되어주기를 기대한다.